Wentrup

Kahlbergs Talfahrt

Joe Wentrup

Kahlbergs Talfahrt

Sauerland-Krimi mit Rezepten

OKTOBER VERLAG
Münster in Westfalen

Haftungsausschluss: Die Rezepte dieses Buchs wurden von Verlag und Herausgeber sorgfältig erwogen und geprüft. Dennoch kann eine Garantie nicht übernommen werden. Die Haftung des Verlags bzw. des Herausgebers für Personen-, Sach- und Vermögensschäden ist ausgeschlossen.

Joe Wentrup (geb. 1966 in Arnsberg) lebte nach seinem Abitur lange Jahre in Köln, wo er als Grafiker und Veranstalter von Undergroundparties umtriebig war. Mitte der 90er verschlug es ihn nach Kuba. Der Eindruck war so nachhaltig, dass er Land und Region als Musikpromoter, Reiseleiter und Filmemacher verbunden blieb. Nach der Jahrtausendwende begann er, sich mit dem Drehbuchschreiben zu beschäftigen, dessen Methodik er von 2009 bis 2010 in der Autorenwerkstatt des Kölner Filmhauses vertiefte. 2014 erschien die Erstauflage seines Krimis »Hölle in Himmel« im Schmitz Verlag Nordstrand. Seither schreibt er für den Oktober Verlag, in welchem 2016 die überarbeitete Neuauflage von »Hölle in Himmel« sowie der Folgekrimi »Kahlbergs Talfahrt« erschienen.

© 2016 Oktober Verlag, Roland Tauber
Am Hawerkamp 31, 48155 Münster
www.oktoberverlag.de
2. Auflage

Alle Rechte vorbehalten
Satz und Umschlag: Thorsten Hartmann unter Verwendung von
Fotos von naihei und showcake / iStockphoto

Rezepte: siehe Anhang
Druck: Books on Demand GmbH
In de Tarpen 42, 22848 Norderstedt

ISBN: 978-3-946938-29-3

Für Diego

Eine Esche weiß ich namens Yggdrasil.
Den hohen Baum netzt weißer Nebel;
Davon der Tau, der in die Täler fällt.
Immergrün krönt er Urds Quelle.

Aus der Edda

Kahlberg war den Wegweisern gefolgt, entlang der Zufahrtsstraße mit ihren Lagerhallen und Einkaufsdepots, bis zum Ende des Asphalts und dem Beginn vermeintlicher Natur.

Wenig später hatte er die Fährte der nur fahrlässig hier und dort in Form von Aufklebern angebrachten Wegweiser verloren, was wohl gleichermaßen der Witterung, dem übermütigen Vandalismus der Dorfjugend und seiner Hilflosigkeit außerhalb jeglichen Stadtdschungels zuzuschreiben war. Er war durch schattige Wälder und über von üppigem Grün gesäumte Feldwege geirrt, immer auf der Hut vor den ihn aufdringlich umschwirrenden Insekten, jedes einzelne davon ein potentieller blutrünstiger Räuber.

Schritt für Schritt war er sich fremder vorgekommen, trotz oder gerade wegen seiner Boots, der verwaschenen Jeans und der Lederjacke, irgendwo zwischen Asphaltcowboy und Wandervogel.

Schließlich hatte er sich mit einem Gefühl der Verlorenheit, wie er es nur aus seiner Kindheit und besonders schwierigen Kriminalfällen kannte, auf einen am Wegesrand gelagerten Stapel Baumstämme gesetzt, eine Zigarette angezündet und seine Umgebung betrachtet:

Ein Schotterweg, mit sturer Geradlinigkeit durch ein dichtes Spalier Fichten gezogen, auf einer Seite unterbrochen von hintereinander gereihten Fischteichen, so ruhig und glatt im Licht des Tages gelegen, dass Kahlberg durch das kristallklare Wasser bis auf den Grund hatte blicken können. Ein träger schwarzer Schatten war dort durch sein begrenztes Reich gezogen, majestätisch und, aus Kahlbergs erhabener Perspektive, zudem ignorant und tragisch. Unwillkürlich war Kahlberg von dem Gefühl überkommen worden, auch auf ihn richte sich von höherer Warte ein Auge. Eine unangenehme Empfindung, verkörperte er doch lieber das Bild des souveränen Bullen als das eines sich an einem anschwellenden Bremsenstich kratzenden Ochsen, der unfähig war, die als Ziel der Exkursion anvisierte Ruhrquelle zu finden.

So hatte er sich die Vertiefung der Beziehung zu seiner Heimat eigentlich nicht vorgestellt. Er hatte von stillen Wegen durch grüne Täler geträumt, von an den Hängen blühenden Wiesen mit kleinen Herden grasenden Braunviehs, darüber ein fast bayrisch anmutender blauweißer Himmel, in dem eine milde Brise mit den Wolken spielte.

Schließlich hatte er Sonnenstand mit Uhrzeit kombiniert und den Weg zurückgefunden, vorbei an Sommerschlaf haltenden Skiliften bis hin zu dem weiten Parkplatz mit seiner spärlichen Zahl Wohnmobile, ein schwarzer Strand mit verwaisten Gehäusen riesiger Wanderkrebse. Jene Gehäuse und sein 84er Quattro, den er dort unter derart großen Bedenken geparkt hatte, als wäre dieser Ort gefährlicher als Düsseldorf-Flingern.

Nun saß Kahlberg am Ende einer belebten Hauptstraße, dort, wo die Geschäftsgebäude mit ihren Boutiquen und Cafés allmählich von Pensionen mit holländischen Namen abgelöst wurden, in einem auf urbanes Nachtleben getrimmten und viel zu früh geöffneten Club. Die warme Nachmittagssonne fiel durch die geöffneten Fenster auf sein zweites Bier und brach sich schimmernd in dessen Kondenstropfen.

Er nahm einen Schluck und äugte über den Rand des Glases. Die Lounge machte ohne die gewiss raffinierte abendliche Beleuchtung einen eher billigen Eindruck. Die Bedienung nutzte das helle Licht des Tages, um Gläser zu polieren. Ihr Kollege hatte eine Café-del-Mar-CD eingelegt und ließ diese einfach laufen, während er zum Rauchen auf die Terrasse ging.

Dies brachte bei Kahlberg die Frage auf, warum er selbst sich nicht für die draußen gebotene Möglichkeit zu rauchen entschieden und stattdessen den Platz am Fenster gewählt hatte. Aber dessen Rahmen schien ihm eine willkommene Abgrenzung zur Natur und die Musik, wenn auch lieblos abgenudelt, klang warm und entspannend.

Außer Kahlberg befand sich nur ein einziger Gast im Raum, ein Mann mit dünnem Schnäuzer, der am Tresen saß und unbeteiligt an einer Cola nippte. Er wirkte auf Kahlberg in einer unbestimmbaren Weise deplatziert, schien weder Einheimischer noch Gast zu sein. Wäre Kahlberg nicht so sehr damit beschäftigt gewesen, die Niederlage seiner kurzen Wanderung zu verarbeiten, er hätte des anderen ständige Wachsamkeit hinter der teilnahmslosen Fassade gespürt.

Allmählich fragte er sich, was er hier verloren hatte, ob es wirklich klug gewesen war, sich auf die Verabredung einzulassen und von Düsseldorf aus die südliche Route zu wählen, um auf dem Ausflug in seine Geburtsstadt Himmel hier, am beinahe höchsten Punkt des kleinen Mittelgebirges, vorbeizukommen.

Er blickte auf die Uhr und stellte fest, dass der Nachmittag verloren zu gehen drohte und Tag eins seines kostbaren freien Wochenendes sich bereits in Auflösung befand. Womöglich hätte er sich doch besser für ein Wochenende an Hollands Stränden entscheiden sollen. Stattdessen saß er an einem Ort, an den es die Niederländer in Scharen zu einem rituellen Probelauf des Tages zog, an dem der ansteigende Meeresspiegel über ihre Deiche schwappen würde.

Kahlberg zog sein Mobiltelefon hervor und wählte eine Nummer, wurde allerdings nur mit dem Anrufbeantworter verbunden. Ein gutes Zeichen, machte er sich Hoffnung, bedeutete es doch mit Sicherheit, dass ein Paar Hände die Straßenverkehrsordnung befolgten und am Lenkrad blieben, um einen Wagen möglichst schnell zu ihm zu steuern.

Gerade als er sich entschlossen hatte, der Verabredung noch eine Zigarettenlänge Zeit zu geben, fuhr ein graugrüner Land Rover Defender vor und parkte auf der anderen Straßenseite.

Kahlberg war froh, sich nicht bereits mit einer Zigarette in der Hand nach draußen gestellt zu haben, er hätte womöglich ungeduldig gewirkt. So beugte er sich nun entspannt aus dem Fenster, hob die Hand zum Gruß und pfiff.

Während Ted Jones die Tür seines Wagens schloss, folgte er dem hellen Ton und zeigte ein breites Grinsen, als er Kahlberg erblickte.

KAPITEL ZWEI

Ted Jones war gerade im Begriff die Straße zu überqueren, als ein schwarzer 68er Ford Mustang Fastback mit majestätischem Grollen an ihm vorüberrollte. Kahlberg bekam mit, dass sich die Blicke von Ted und dem Fahrer kreuzten, einem mittelalten Mann mit nach hinten gekämmtem dunkelblondem Haar und schmalen Koteletten, die in einen Kinnbart übergingen. Sie warfen sich ein kurzes, kaum wahrnehmbares Kopfnicken zu, dann war der Mustang vorüber und Ted überquerte gut gelaunt die Straße.

Er war ein kleiner, drahtiger Mann mit kurz geschorenem grauem Haar und einer dünnrandigen Brille, hinter der die wachen Augen eines Pressefotografen hervorblickten, die durch den Sucher einer Kamera mehr von der Welt gesehen hatten als ohne ihn. Kriege, Katastrophen, den Untergang des Ostblocks. Die Hinrichtung Ceaușescus sollte seine letzte Arbeit für die internationale Presse sein, er hatte mit einer Handvoll Fotografen auf den Auslöser gedrückt, als der Diktator und seine Frau von den Maschinengewehrsalven seiner eigenen Militärs durchsiebt worden waren. Als mit diesem Blutopfer das Ende des kalten Krieges besiegelt worden war und eine neue Zeit heranzubrechen versprach, hatte es ihn in die ungefähre Mitte eines langsam wieder zusammenwachsenden Europas gezogen, nach Himmel, wo er für die lokale Zeitung zu arbeiten begonnen und feste Bande mit einer Einheimischen geschlossen hatte.

Als er das Innere des Clubs betrat, war Kahlberg aufgestanden und die beiden Männer gaben sich so überschwänglich die Hand, dass die Berührung ein leichtes Klatschen hervorbrachte.

»Bist ja seit Monaten nicht mehr zu uns gekommen«, sagte Ted mit breitem Grinsen und britischem Akzent.

»Es gab viel zu tun, zwei Mal wurde mir mein Dienstfrei gestrichen«, seufzte Kahlberg.

»Klingt spannend.«

»Für dich wäre es frustrierend. Wenn wir eintreffen, sind alle schon tot.«

»Na ja«, warf Ted ein und grinste nun noch breiter. »Bei deinem letzten Einsatz hier in der Gegend hast du aber allerhand Life Action geboten.«

Nun musste auch Kahlberg grinsen. Ein ziemlich turbulenter Fall hatte ihn nach vielen Jahren zurück in seine Geburtsstadt Himmel geführt und er hatte seitdem, ganz gegen seine ursprünglichen Pläne und trotz seiner tiefen Abneigung gegen alles Kleinstädtische, begonnen, an jenem Ort wieder ein paar Wurzeln zu schlagen, welche ihn immer wieder dorthin zogen. Dünne Wurzeln wohlgemerkt, die ihm nicht das Gefühl gaben, durch sie gebunden zu sein, sondern sie jederzeit durchtrennen zu können. Vielleicht verbarg aber gerade diese Annahme ihr allmähliches Wachstum.

Die beiden Männer setzten sich an den Tisch am Fenster, die Bedienung kam herbei und Ted bestellte einen Tee.

Nach all den Jahren immer noch ganz der Brite, dachte Kahlberg und fragte ihn: »Was gibt's Neues in Himmel?«

Ted zog die Augenbrauen hoch und wiegte den Kopf, als wolle er damit andeuten, dass nichts, was er nun sagen würde, Kahlberg auch nur im Entferntesten beeindrucken würde.

»Die Stadt ist eine einzige Baustelle, sie soll ja wieder zu der Perle werden, die sie wohl mal gewesen ist und diejenigen, die jetzt das Sagen haben, scheinen diese Pläne tatsächlich auch im Sinne der Bürger umzusetzen.« Dann rückte er mit dramatischem Schweigen seine Brille zurecht und fügte hinzu: »Und der Pub ist abgebrannt.«

»Wie denn das?«, rief Kahlberg überrascht.

Ted genoss es für einen Augenblick, doch eine überraschende Nachricht bei seinem Gegenüber gelandet zu haben und sagte dann: »Ganz unspektakulär, ein dämlicher Kurzschluss.«

»Und nun?«

»Trinken wir woanders«, lachte der Brite und fügte beschwichtigend hinzu: »Aber keine Sorge, der Wirt bleibt uns erhalten, spätestens Silvester macht er wieder auf.«

»Same procedure as every year.«

»Yep!«

Als ihr Lachen verstummt war, blickten sie sich ernst an. Beide wussten, dass die Zeit der Begrüßungsfloskeln vorbei war und sie nun zur Sache kommen würden.

»Ich bin auf was gestoßen«, legte Ted los und räusperte sich. »Auf was Dickes.«

»Hier? In dieser verträumten Gegend?«

»Die Dinge sind nicht immer so, wie sie scheinen.«

»Schieß los!« Kahlberg ließ sich nicht gerne auf die Folter spannen. »Bestimmt hast du Fotos gemacht.«

»Auch. Aber das Allerwichtigste habe ich hier«, Ted tippte sich an den Kopf. »Und hier, damit ich nicht die ganze Kamera mit mir rumschleppen muss.« Er zog sein Mobiltelefon hervor und legte es auf den Tisch.

Kahlberg blickte gespannt auf das Smartphone, mit dem Teds Finger auf der Tischplatte spielten. »Keine Sicherungskopien?«

Ted schüttelte den Kopf. »Wir haben früher immer alles bei uns getragen oder besser noch im Oberstübchen behalten. So konnten wir sicher sein, dass die Story nur uns gehörte.«

»Und warum willst du mich sehen und gehst nicht direkt zur Presse?«

»Ich brauche deinen Rat«, antwortete Ted, beugte sich zu Kahlberg vor und fuhr mit gedämpfter Stimme fort: »Es geht um Folgendes …«

Die Bedienung kam mit dem Tee und stellte ihn vor Ted, der eilig das Telefon wieder in der Tasche verschwinden ließ. Dann stand er auf.

»Ich bin die ganze Zeit nur gefahren«, sagte er entschuldigend. »Bin sofort wieder da und dann reden wir in Ruhe.«

Kahlberg nickte und sah Ted nach, während der im Eingang der Toilette verschwand. Ted Jones, der Enthüllungsjournalist. Alter Kater lässt das Mausen nicht. Nun war Kahlberg wirklich gespannt, was er ihm zu erzählen hatte.

KAPITEL DREI

Die Terrasse ging auf ein enges, stilles Tal hinaus, dessen frisches Wiesengrün sich bis zu dem weit unten rauschenden Bach zog, während dunkle Fichten den gegenüberliegenden Hang bestanden.

Der Blick des Alten verlor sich in der vor ihm liegenden Natur und für Momente kam ihm jegliches Gefühl für Raum und Zeit abhanden, empfand er sich als ewiger, untrennbarer Teil dieser Landschaft. Wäre nicht sein Misstrauen allem Unbekannten gegenüber aufgeflammt wie das orangefarbene Warnlicht eines sich schließenden Fabriktores, er hätte sich wohl dieser Auflösung seines Selbst hingegeben in der Hoffnung, den Punkt ohne Wiederkehr endlich zu überschreiten.

Doch nun spürte er wieder seinen Körper, jenes alte, gebrechliche Gehäuse, das ihn noch immer mit dieser Welt verband und vor allem mit diesem Rollstuhl, auf dessen Lehnen seine Arme wie knorrige, morsche Äste lagen. Er versuchte tief einzuatmen, doch sein Brustkorb hob sich nur matt, obwohl ihm die Anstrengung herkulisch vorkam. Auch stellte sich die Belohnung in Form einer Extradosis Frischluft nicht ein, denn die ihm zusätzlich durch einen dünnen Schlauch unterhalb seiner Nase zuströmende Sauerstoffmenge blieb, unabhängig von seinen Bemühungen, konstant.

Es kam ihm vor, als würde er täglich mehr Teil einer sich langsam in seinen Rest Leben drängenden Maschine, bis der Rollstuhl ein Bett und die Sauerstoffzufuhr eine Beatmungsmaschine geworden wäre.

Er verscheuchte diesen Gedanken und ließ sich erneut treiben, nicht mehr wie ein lebensmüder Argonaut entlang der stürzenden Wasser des Weltenrandes, sondern über die vergleichsweise seichten Lagunen der Erinnerung. Aus ihnen drang ein Kinderlachen hervor und ein Junge, noch im Vorschulalter, tollte die Wiese hinab Richtung Bach.

In den Mundwinkeln des Alten spielte ein Lächeln. Vor dem Jungen rollte ein großer, bunter Plastikball und so sehr die kleine Gestalt sich auch beeilte, sie konnte ihn nicht mehr erreichen mit ihren zarten Beinen, die aus einer kurzen Lederhose ragend durch das hohe Gras stolperten. Der Junge blieb stehen und blickte dem davonrollenden Ball nach, der kleiner und kleiner wurde, bis er schließlich mit einem kaum hörbaren Klatschen im Bach landete und von der Strömung davongetragen wurde. Die kleine Gestalt drehte sich um, blickte zu dem Alten hinauf und machte mit entschuldigender Miene eine hilflose Geste.

Das Lächeln des Alten erstarb.

»Sei nicht so hart mit ihm«, sagte eine sanfte Stimme dicht hinter ihm.

Ihr reiner, weiblicher Geruch stieg ihm in die Nase, er spürte ihren Atem an seiner Wange. Immer nahm sie den Jungen in Schutz, nie hielt sie ihn an, für etwas zu kämpfen, sich anzustrengen, ein Ziel zu erreichen. Ihr Geruch aber war betörend schön.

»Lass ihn die Dinge auf seine Weise erfahren, lass ihn seinen eigenen Weg gehen und du wirst sehen, wie er Probleme lösen und wie er glücklich werden wird.«

Die knorrigen Hände des Alten krampften sich zornig in die Lehnen des Rollstuhls. Sie hatte ihn immer in Schutz genommen, hatte schon früh gespürt, was für einer er war und auch später, als kein Zweifel mehr bestand, sich immer schützend vor ihn gestellt und nie zugelassen, dass er etwas Disziplin mit auf seinen ach so eigenen Weg bekam.

Eine Hand legte sich auf seine Schulter und riss ihn aus seinen Erinnerungen.

»Es ist Zeit reinzugehen, die Sonne geht bald unter.«

»Sie geht noch lange nicht unter«, antwortete er trotzig und fügte mit rauer, matter Stimme hinzu: »Nur in diesem engen Tal, da ist sie bald fort.«

Die Hand glitt von seiner Schulter und löste die Feststellbremse des Rollstuhls, ohne dafür seine Einwilligung erhalten zu haben. Er hörte das Knistern von Stoff, spürte die Wärme des sich vorbeugenden Körpers. Wieder stieg ein weiblicher Geruch in seine Nase, diesmal muffig und vermengt mit einer Spur Schweiß. Roh und unparfümiert, war es der einer Frau, die schon lange kein Begehren mehr verspürt noch erfahren hatte.

Der Rollstuhl wurde auf der eigenen Achse gedreht, das Geländer vor den Knien des Alten und das Tal dahinter schwenkten aus seinem Blickfeld und vor ihm erschien die weit geöffnete Terrassentür mit ihren weißen Kassettenfenstern. Die Drehung endete, dann trat die Frau vor ihn. Sie war kräftig, in mittleren Jahren und mit schmalen Hüften. Immer trug sie Weiß, obwohl er schon mehrmals angedeutet hatte, es vorzuziehen, sie in Alltagskleidung um sich zu haben. Aber sie bestand darauf, dass man sähe, weshalb sie sich in seiner Nähe aufhielt. »Es ist zu Ihrer eigenen Sicherheit«, pflegte sie zu sagen.

Sie hielt ihm einen Becher mit Tabletten und ein Glas Wasser hin. »Heute sind es ein paar mehr«, meinte sie, ohne dafür jedoch ein mitfühlendes Lächeln aufzubringen.

Er nahm den Becher ohne Widerspruch, kippte sich den Inhalt wie einen Schnaps hinunter, griff dann nach dem Glas und spülte mit dem Wasser nach. Er spürte die Tabletten wie eine sperrige Prozession miniaturisierter Gürteltiere seine Speiseröhre hinabwandern. Trotzdem wischte er sich den Mund mit dem Handrücken ab, als hätte er soeben einen nahrhaften Bissen zu sich genommen.

Mit unverhohlenem Missfallen musterte er seine Pflegeschwester, die davon gänzlich unbeeindruckt, stur und gleichgültig zurückstarrte. Er zuckte schwach mit den Schultern.

»Schieben Sie mich hinein, Agata, und geben Sie mir die Fernbedienung, mal schauen, was in den Nachrichten kommt.«

KAPITEL VIER

Warum nur hatte Ted ihn hierherbestellt. Nicht sein Anliegen beschäftigte Kahlberg in diesem Moment, sondern das Lokal. Anscheinend wollte Ted ihm zeigen, dass man auch hier auf der Höhe der Zeit lebte. Kahlberg allerdings hätte einer urigen Landspelunke den Vorzug gegeben, mit rotgesichtigen Bauern und einfachen Gesprächen, die durch den musikfreien Schankraum schollen. Aber es lag ihm fern, sich zu beschweren. Dafür war er nicht hierhergekommen.

Er trank den Rest seines Bieres aus. Als er dessen schalen Geschmack wahrnahm, wurde ihm bewusst, wie die Zeit vergangen war. Der immer gleiche wummernde Sound aus der Konserve hatte ihn eingelullt wie ein Sonnenuntergang auf Ibiza nach einem durchtanzten Wochenende.

Der Mann mit dem schmalen Schnäuzer war in der Zwischenzeit von einem kurzen Toilettenbesuch zurückgekehrt, hatte einen kleinen Geldschein auf die Theke gelegt und das Lokal verlassen, ohne auf das Wechselgeld zu warten. Zweifellos ein Snob, den es an den falschen Ort verschlagen hatte.

Wie Kahlberg nun so allein im Club saß, begann er darüber nachzusinnen, ob er Teds offensichtliche Verdauungsprobleme mit einer Zigarette überbrücken oder sich doch lieber das dritte Bier bestellen sollte.

Schließlich entschied er sich für keine der beiden Optionen und stand auf, um nach dem Rechten zu sehen. Ted war einfach schon zu lange fort.

Die Toiletten befanden sich im Keller, eine schmale Treppe führte hinab, geradewegs auf ein aus Flusskiesel und Wurzelholz drapiertes Gebilde zu, das wohl irgendwie spirituell und Zen sein sollte. Kahlberg erblickte sich im darüber angebrachten Spiegel und zweifelte daran, ob er jenes Stillleben bereicherte. Überhaupt überließ er das Betrachten seines Äußeren lieber dem Rest der Welt.

Als er die Herrentoilette betrat, schien sie leer zu sein.

»Ted?«, rief Kahlberg in die Stille.

Er lauschte in den zwielichtigen Raum hinein. Nichts. Eine nach der anderen öffnete er die Toilettentüren, aber die Kabinen boten nur den Anblick reinlicher, unberührter Leere in Erwartung eines lebhaften Wochenendes.

Er machte kehrt und durchquerte erneut den Flur in Richtung Treppe, als er eine Tür bemerkte, an der er zuvor achtlos vorübergegangen war. Sie war nicht verschlossen. Er öffnete sie, näherte den Kopf dem lichtlosen Spalt und hörte ein kaum vernehmbares Rascheln.

»Ted, bist du hier?«

Kahlbergs Hand ertastete den Lichtschalter. Mit einem Klick war der Raum erleuchtet.

Ted saß auf einem abgewetzten, dunkelgrünen Kunstledersofa, auf dessen Rückenlehne ein gerahmtes Poster der Beatles stand. An den Wänden befanden sich Regale, vollgestopft mit Geschirr, ausgedienten Dekorationen und sonstigem Ramsch. Von der Decke hing eine britische Flagge, wohl ein Relikt vom letzten Themenabend.

Mit weit aufgerissenen Augen starrte der Fotograf durch seine verrutschte Brille zu Kahlberg. Eine Hand hatte er an den Hals gelegt, seine Lippen bewegten sich wortlos.

»Was ist los mit dir?«, fragte Kahlberg noch bevor er das Blut sah, das zwischen Teds Fingern in einem pulsierenden Schwall hervorströmte.

Mit einem Satz war er bei ihm und presste seine Hand ebenfalls auf die Wunde, die sich erschreckend feucht und tief anfühlte, ein professionell gezogener Schnitt. Mit der anderen Hand holte er sein Telefon hervor und wählte den Notruf, während er, zur Treppe gewandt, lauthals »Hilfe!« brüllte. »Hilfe, verdammt noch mal!«

Endlich meldete sich eine Jungmännerstimme am anderen Ende der Leitung und bat um die genaue Adresse, welche ihm

Kahlberg nicht nennen konnte, nur den Namen des Clubs und seine ungefähre Lage auf der Hauptstraße; die Stimme fragte erneut nach der exakten Hausnummer und Kahlberg brüllte ins Telefon: »Fick dich, hier stirbt jemand!« Endlich schien Bewegung in den Typen der Notrufannahme zu kommen. Das Blut unter Kahlbergs Hand quoll weniger, pochte weniger, während Ted ihn mit großen, glasigen Augen anblickte, die seiner eigenen Hinrichtung beiwohnten, die er nicht fotografieren würde noch irgendjemand sonst; eine sinnlose Hinrichtung an einem verschissenen Wintersportort im Sommer.

Die Bedienung erschien in der Tür, ihr entwich ein entsetzter Schrei, bevor sie beide Hände vor den Mund schlug, zurückstolperte und auf den ihr gefolgten Kollegen prallte, der ebenfalls vor Schreck erstarrte, bis Kahlberg beide mit sich überschlagender Stimme auf die Straße vor den Club scheuchte, damit sie dem Krankenwagen ein Zeichen geben konnten.

Plötzlich löste Ted seine Hand vom Hals und streckte sie mühsam aus. Sie leuchtete grotesk rot, wie ein inneres Organ, das zu einer Extremität mutiert war. Schwerfällig versuchte Ted, mit dem daran haftenden Blut etwas auf die Lehne des Sofas zu schreiben. Doch die gewölbte Fläche und die dunkle, alles Licht verschluckende Farbe machten es unmöglich.

»Warte!«, sagte Kahlberg hastig. Er nahm das gerahmte Poster der Beatles mit seiner freien Hand, ohne die andere von der pochenden Wunde zu nehmen, und legte es auf Teds Schoß.

Der hob mühsam seine Hand und ließ auf der Unterlage ein krakeliges »M« entstehen, wie ein unbeholfenes, verstörtes Kind, das mit Fingerfarben malt. Dann folgte eine aufsteigende Linie, die seine ganze Kraft beanspruchte und von deren Gipfel sein Finger erschöpft hinabrutschte, als hätten ihn seine Kräfte verlassen. Doch mit letzter Anstrengung zeichnete er einen Querstrich durch die beiden entstandenen Linien und es entstand ein »A«. Er versuchte erneut, seine Hand zu bewegen, die heftig zu zittern begann, bis sein ganzer Körper von einem Krampfanfall geschüttelt wurde. Dann versagten seine Muskeln ihren Dienst. Die Hand sackte schlaff herab, Ted starrte ausdruckslos durch die offene Tür des Abstellraums auf die weißen Kacheln des Toilettenflurs. Die klaffende Wunde unter Kahlbergs Hand hatte aufgehört zu pochen.

»Ted!«, schrie Kahlberg. »Halt durch, Ted!«

Doch er wusste, Ted Jones war tot.

Sein Blick fiel auf die mit Blut über die lachenden Beatles geschriebenen Buchstaben. Helter Skelter, schrie es in Kahlberg. Bilder von blutbeschriebenen Wänden und das irre Lachen eines Hippies mit Hakenkreuztätowierung auf der Stirn drangen auf ihn ein. Kahlberg biss die Zähne zusammen und geordnete Gedanken kehrten zurück. Hektisch begann sein Gehirn, die Ereignisse zu rekapitulieren. Der Typ mit dem Schnäuzer, schoss es ihm durch den Kopf, während er mit vor Hast zitternden Händen Teds Taschen durchsuchte. Das Telefon war verschwunden.

Er stürzte aus dem Abstellraum, hechtete die Treppen hinauf, raus auf die Straße, wo die beiden Angestellten standen. In der Ferne heulte die Sirene eines Krankenwagens. Kahlbergs Blick suchte die Straße ab. Von dem Typ mit dem Schnäuzer fehlte jede Spur.

Der Land Rover stand noch immer dort, wo ihn Ted geparkt hatte. Eilig ging Kahlberg hinüber und prüfte die Fahrertür. Sie war offen. Alarmiert blickte er ins Innere. Im aufgeklappten Handschuhfach lag eine Anhäufung von Straßenkarten und alten Parkscheinen. Dazwischen leuchtete das Orange einer Broschüre von Max-Energie, die man gegenwärtig aufgrund der aggressiven Werbekampagne des Stromanbieters in jedem Briefkasten fand. Weiter oben lag der Hochglanzprospekt eines Automatenkasinos in Himmel. Er schien Kahlberg nicht so recht in das Sammelsurium zu passen und er steckte ihn ein. Hastig durchstöberte er die hintere Sitzreihe und den Laderaum. Keine Kamera, kein Notizbuch oder Ähnliches.

Kahlberg schlug die Tür zu und fluchte. Er hatte es versaut. Er hatte den Mörder seelenruhig die Tat begehen und vor seiner Nasenspitze hinausspazieren lassen. Er schimpfte sich einen gottverdammten, selbstgefälligen Idioten. Zorn flammte in Kahlberg auf mit einer Entschlossenheit, als könne er dadurch die Zeit zurückdrehen und den Fehler ausradieren, aber das Gegenteil war der Fall, die Schuld grub sich in ihn wie ein Brandeisen.

Er schrie ohnmächtig auf, und hätte der Wagen nicht Ted Jones gehört, er hätte ihn mit seinen bloßen Händen in einen Klumpen Schrott verwandelt, nur um irgendetwas in dieser elenden, gleichgültigen Welt zu bewirken.

»He, Sie da!«, rief eine ängstliche Stimme.

Kahlberg drehte sich um. Ein Polizeibeamter kam mit gezogener Dienstwaffe auf ihn zu, so unsicher, als tappte er durch totale Dunkelheit, während ihm sein Kollege mit ebenfalls gezückter Waffe Deckung gab. Hinter ihnen blinkten die Blaulichter ihres Einsatzfahrzeuges.

»Keine falsche Bewegung, legen Sie die Hände hinter den Kopf und drehen Sie sich zum Fahrzeug!«

KAPITEL FÜNF

Der Beamte hatte Kahlberg am Arm gefasst und führte ihn durch den Flur des Polizeireviers.

Durch eine Tür vor ihnen drang lautes Gebrüll. Dann wurde sie aufgerissen und ein Mann mit gegerbtem Gesicht, halblangen Haaren und abgetragenen Jeans wurde herausgeführt. Als er Kahlberg sah, grinste er und verdrehte kurz die Augen, ein Hinweis unter Leidensgenossen, dass die verhörenden Beamten so scharfsinnig waren wie gut verdaute Mettwurst.

Eigentlich hätte es bei einem Verhör gar nicht zu so einer Begegnung kommen dürfen, schon gar nicht bei einem Mordfall. Aber hier, das war Kahlberg mittlerweile klar geworden, ging es drunter und drüber.

Er wurde in das karge, nur mit einem Tisch, zwei Stühlen und einer Überwachungskamera ausgestattete Verhörzimmer geführt.

Polizeihauptkommissar Wiesenkötter empfing ihn stehend, mit energisch in die Hüften gestemmten Armen. Neben ihm am Verhörtisch saß ein Jungbulle, sein genaues Gegenteil. Nicht rotgesichtig, kein Specknacken, unentschlossen.

»Da ist er ja endlich, mein Lieblingsverdächtiger. Kriminalhauptkommissar Kahlberg von der Mordkommission Düsseldorf.« Mit einem Kopfnicken scheuchte Wiesenkötter den Beamten, der Kahlberg begleitet hatte, hinaus. Als sich die Tür von außen geschlossen hatte, machte er einen Schritt auf den Kollegen aus der Großstadt zu. »Ich hoffe, das Theater gefällt Ihnen so.«

»Ganz ausgezeichnet.« Kahlberg zeigte ein Grinsen wie eine gezogene Messerklinge und zog es vor, den freien Stuhl nicht in Anspruch zu nehmen.

Schnell war am Tatort Kahlbergs Identität geklärt worden, jedoch hatte er dafür gesorgt, dass er trotzdem unter den Augen der Schaulustigen wie ein Verdächtiger abgeführt und auf die Wache gebracht worden war.

»Ich frage mich allerdings, was Ihr Inkognitoauftritt hier bringen soll«, knurrte Wiesenkötter.

Kahlberg war klar, den lokalen Befehlshaber mehr oder weniger zum Mitspielen genötigt zu haben, und offensichtlich gefiel diesem nicht, zu etwas gedrängt zu werden. »Machen Sie einfach weiter, als gäbe es mich nicht, ich werde Ihnen nicht im Weg stehen.«

»Ob Sie es wollen oder nicht, das tun Sie bereits oder meinen Sie, die Beamten, von denen Sie hier herumgeführt werden, sind Statisten?«

»Das können Sie besser beurteilen«, entgegnete Kahlberg trocken. »Es sind Ihre Männer.«

»Kommen Sie, Kahlberg«, machte Wiesenkötter nun auf versöhnlich und wies auf das Phantombild, das hinter ihm an der Wand hing. »Schließlich sind Sie ja auch noch unser bester Zeuge.«

Das Erste, was Kahlberg getan hatte, solange er die Erinnerung an den Täter noch unverfälscht abrufen konnte, war das Anfertigen eines Phantombildes am Computer. Doch weder das noch das eintönige Blättern in der lokalen Verbrecherdatei hatte bisher irgendeine Spur erbracht.

»Was ist mit dem Fahrer des Mustangs, den Ted gegrüßt hat?«, fragte Kahlberg.

Wiesenkötter grinste überlegen. »War leicht ausfindig zu machen. Sein Name ist Klaus Nolte. Er wird gerade hierhereskortiert.«

»Ist außerdem noch irgendjemand oder irgendetwas aufgetaucht?«

Der Polizeihauptkommissar schüttelte bedauernd den Kopf. Dann fixierte er Kahlberg mit einem bemüht entschlossenen Gesichtsausdruck. »Und Sie haben wirklich keine Ahnung, was MA bedeuten könnte?«

»Nicht die Geringste.«

Vor Kahlbergs innerem Auge tauchte Ted auf, wie er mit immer lebloser werdenden Augen seine blutverschmierte Hand hob und die Buchstaben auf das Poster schrieb.

»Sie kommen also hierher, weil Ihr Freund von der Presse eine kochend heiße Geschichte hat, und dann wird er direkt vor Ihrer Nase abgestochen«, sagte Wiesenkötter mit leicht ungläubigem Ton.

In seinem Blick konnte Kahlberg so etwas wie Verachtung dafür lesen, dass er, der Bulle aus der Großstadt, bei der Tat so tölpelhaft zugegen gewesen war.

»Der Mörder kannte den Ort, an dem wir uns treffen wollten. Er hat dort auf uns gewartet«, zischte Kahlberg durch zusammengebissene Zähne.

»Woher sollte er das gewusst haben?«, fragte Wiesenkötter und legte die Hand in derart übertriebener Denkerpose ans Kinn, dass Kahlberg ihm gerne deren Finger gebrochen hätte.

Stattdessen entgegnete er: »Der Club war womöglich Teds Stammlokal. Oder er hat sein Vorhaben, mich dort zu treffen, noch jemandem erzählt.«

»Vielleicht wurde sein Telefon abgehört!«, meldete sich der junge Beamte zu Wort und zog den Kopf ein, als sich die Blicke auf ihn richteten.

»Abgehört?« Wiesenkötter lächelte herablassend. Auch für seinen Nachwuchs hatte er kein besseres Mienenspiel übrig.

»Eine heimlich aufs Telefon geladene App würde reichen«, rechtfertigte sich der junge Beamte.

»Nur leider haben wir kein Handy, das wir auf eine App hin überprüfen könnten«, stellte Wiesenkötter fest und warf als Seitenhieb einen Blick auf Kahlberg.

Der gab sich ungerührt. »Ich glaube nicht, dass man darauf etwas Derartiges gefunden hätte. Er hat sein Telefon gehütet wie seinen Augapfel.«

»Irgendeine Spur wird vielleicht bei seinen Sicherungskopien zu finden sein, sein Redaktionscomputer ist bereits sichergestellt«, beeilte sich der junge Beamte. Anscheinend wollte er sich im Bereich Cyberkriminalität profilieren.

Kahlberg schüttelte den Kopf. »Ted hat mir gesagt, dass er alle Informationen bei sich trug. Ohne Kopien und Backups.«

»Wer macht denn so was?« Wiesenkötter zeigte sich redlich überrascht, ganz ohne die Pose des Tatort-Kommissars.

»Jemand, der die alten Zeiten aufleben lassen will«, sagte Kahlberg und kaum hatte er das Wort »aufleben« ausgesprochen, kam es ihm gänzlich unpassend vor, auch in Bezug auf das, was ihm schon die ganze Zeit durch den Kopf ging: »Und wer bringt es seiner Lebensgefährtin bei?«

Wiesenkötter schielte rasch auf seine Uhr. »Meine Leute sind wahrscheinlich gerade bei ihr.«

»Ah, gut«, sagte Kahlberg erleichtert, wobei er allerdings im Stillen annahm, sie würde nach der Rosskur, die ihr diese Provinzspezialisten im Begriff waren zu verabreichen, für lange Zeit ein Wrack sein. Aber insgeheim war er froh, es nicht selber tun zu müssen, hatte er doch eigentlich vorgehabt, Wiesenkötter genau dies anzubieten.

Der musterte ihn abschätzig, bevor er säuselte: »Sehen Sie, Kahlberg, wir kommen hier sehr gut auch ohne Sie zurecht. Vielleicht sollten Sie doch lieber nach Hause zurückfahren?«

Kahlberg hielt Wiesenkötters Blick ungerührt stand. »Ich glaube, Sie sollten jetzt einen ihrer Beamten rufen. Mein Verhör ist erst mal beendet.«

Wiesenkötter seufzte und gab dem jungen Beamten einen Wink. Der stand sogleich auf, öffnete die Tür und machte ein Zeichen in den Flur, woraufhin der Kollege erschien, der Kahlberg in das Verhörzimmer geführt hatte.

»Führen Sie ihn ab«, sagte Wiesenkötter genüsslich, wobei er mit seinem flachen Kinn auf Kahlberg wies. »Und sorgen Sie dafür, dass es ihm nicht zu gut geht, damit er hier nicht einzieht.«

Wiesenkötters schrilles Kichern verfolgte Kahlberg, bis sich die Tür hinter ihm schloss.

Im leeren Flur lockerte der Beamte seinen Griff an Kahlbergs Arm. Es war ihm deutlich peinlich, einen Vorgesetzten wie einen Verbrecher zu behandeln, selbst, wenn es nur der Tarnung diente.

Kahlberg blieb stehen und fragte vertraulich: »Wo kann ich die Verhöre mitverfolgen?«

»Äh, nun, ich weiß nicht, ob …«, erwiderte der Beamte zögerlich.

»Hören Sie, ich kann mir auch die Erlaubnis dafür von ganz oben besorgen«, sagte Kahlberg noch immer freundlich. »Aber dann muss ich auch angeben, warum man mich nicht einfach so gelassen hat.«

Der Beamte zögerte noch immer.

»Also, was ist jetzt?« Kahlberg setzte seinen Verhörblick auf, mit dem er schon die härtesten Typen weichgekocht hatte.

Der Beamte knickte ein.

»Na gut, kommen Sie hier entlang.«

Er führte Kahlberg in einen Raum, der ebenso karg eingerichtet war wie das Verhörzimmer. Nur dass sich hier keine Kamera befand, sondern ein Computer mit zwei Bildschirmen, der Kahlberg entfernt an einen Videoschnittplatz erinnerte.

Da die Verhöre ohnehin ununterbrochen auf die Festplatte des Computers aufgezeichnet wurden, musste der Beamte lediglich die Bildschirme einschalten. Sofort erschien auf einem davon das Verhörzimmer, in welches gerade der nächste Verdächtige geführt wurde. Ein Mann mit zurückgekämmten Haaren und bleistiftdünnen Koteletten, die in einen spitzen Kinnbart übergingen. Nolte, der Fahrer des Mustangs.

Kahlberg nickte dem Beamten zu. Der begriff und verließ beflissentlich den Raum.

Als er alleine war, nahm Kahlberg auf dem Stuhl vor dem Computer Platz und setzte den Kopfhörer auf, der über einem der Bildschirme hing. Dann konzentrierte er sich auf das Bild, das auf einem der Monitore zu sehen war.

Man hatte Nolte zu dem Stuhl am anderen Ende des Tisches geführt und ihn dort Platz nehmen lassen. Wiesenkötter legte sofort mit Volldampf los.

»Was hattest du mit deinem Mustang vor dem Club zu suchen?«, fragte er mit drohender Stimme.

Nolte saß ungerührt auf seinem Stuhl.

»Gesucht?« Er grinste und lehnte sich gemächlich zurück. »Nichts. Ich bin nur etwas spazieren gefahren, so ein Mustang braucht nun mal Auslauf.«

»Und woher kennst Du Ted Jones?«, schnaubte Wiesenkötter.

»Ted wer?«, erwiderte Nolte mit Unschuldsmiene.

Der junge Beamte zog ein Foto von Ted Jones aus einer Mappe und hielt es Nolte unter die Nase. Die Augen des Fotografen blickten wie unbeteiligt ins Leere, das Bild endete oberhalb des Schnittes, der sich über seinen Hals zog. Nolte sah sich das Foto einen Moment genau an. »Ist der etwa tot?«

»Allerdings«, grollte Wiesenkötter.

Nolte zuckte mit den Schultern. »Ja, den habe ich gesehen, der ist in letzter Zeit öfters in der Gegend gewesen. Aber ich habe keinen Schimmer, wer das ist. Und wenn Sie glauben, dass ich …«

»Und trotzdem grüßt du ihn wie einen alten Bekannten?«, unterbrach ihn Wiesenkötter.

»Er hat *mich* gegrüßt«, knurrte Nolte. »Muss wohl an meinem Wagen liegen, dass mich alle kennen.« Er lehnte sich noch weiter in seinem Stuhl zurück und grinste herausfordernd, während er mit seinen abgetragenen Bikerstiefeln wippte.

Wiesenkötter baute sich breitbeinig vor ihm auf. »Du kommst dir wohl sehr schlau vor«, zischte er, beugte sich vornüber und legte seine Hand auf die Stuhllehne. Eine kleine Bewegung, und Nolte würde rücklings auf dem Boden landen.

»Wenn Sie auch nur andeuten, was Sie da vorhaben, ist unser kleines Gespräch beendet«, sagte dieser seelenruhig.

Kahlberg beugte sich gespannt zum Bildschirm vor. Der Typ hatte Nerven.

»Gespräch?«, fauchte Wiesenkötter. »Das ist ein Verhör!«

»Ach ja, und wie lautet die Anklage? Dass ich mit meinem Wagen durch die Gegend gefahren bin und mich ein wildfremder Mann gegrüßt hat?«

»Dir werden Deine Sprüche noch im Hals stecken bleiben.«
Wiesenkötter nahm die Hand nicht von der Lehne. Stattdessen
drosch er mit der anderen auf den Tisch, worauf der Jungbulle
vor Schreck fast vom Stuhl fiel. »Was zum Teufel weißt du über
Ted Jones? Wer war der Typ mit dem Schnäuzer? Was bedeuten
die Buchstaben MA?«, schrie Wiesenkötter mit sich überschlagender Stimme und sein Gesicht färbte sich purpurrot, während Nolte ungerührt die Brüllattacke aussaß.

Kahlberg durchfuhr die Pein des Fremdschämens. Wiesenkötter, der Panzer im Tulpenfeld. Er legte einfach die Karten
offen, anstatt Details wie die Buchstabenkombination im Un-
gewissen zu lassen. Oft genug rutschte einem Verdächtigen
bei der entsprechenden Menge Druck ganz ungefragt etwas
heraus, das er eigentlich nicht wissen konnte. Gleiches galt für
die Beschreibung des Mörders. Aber es hätte Nolte von selbst
über die Zunge kommen müssen, dass der einen Schnäuzer
trug. Sollte er tatsächlich etwas mit dem Mord zu tun haben,
seine Verteidigung müsste nur die Aufzeichnungen des Verhörs nehmen, um zu zeigen, wie der Herr Polizeihauptkommissar sämtliche Indizien vor Nolte ausgebreitet hatte. Ganze
Geständnisse waren so schon widerrufen worden.

Doch Wiesenkötter war noch nicht fertig.

»Wenn wir das Handy und die Kamera in deinen Hehler-
kreisen finden, bist du dran!«, schnaubte er.

»Halt deine Klappe!«, stöhnte Kahlberg den Bildschirm an
und knallte seine Handflächen auf die Tischplatte.

Fast schien es, als hätte Wiesenkötter ihn gehört, denn tatsächlich nahm er die Hand von der Lehne, reckte sich und
blickte für einen Moment in die Kamera. Dann aber fuhr er ungerührt fort mit dem Verhör, welchem der Nachwuchspolizist
noch die Krone aufsetzte, indem er Nolte in cooler TV-Cop-
Pose fragte, ob er in jüngster Zeit Websites mit Abhörapps besucht habe.

Kahlberg ließ sich ächzend in den Stuhl zurücksinken. Es
war sowieso zu spät, um etwas zu unternehmen. Am liebsten
hätte er die Bildschirme vor sich ausgeschaltet, aber er wollte

wissen, wann er ungestört das Zimmer verlassen und auf dem Hof hinter dem Gebäude eine Zigarette rauchen konnte, ohne Nolte plötzlich im Flur zu begegnen. Je weniger der davon Wind bekäme, dass er Bulle ist, umso besser.

Endlich wurde das unfruchtbare Verhör beendet und man ließ Nolte, in Ermangelung an Beweisen, geschweige denn eines handfesten Verdachtes, ziehen.

Nachdem einige Minuten verstrichen waren, stellte Kahlberg die Bildschirme ab, verließ den Raum und trat vorsichtig auf den Flur. Er war leer. Kahlberg musste grinsen. Er, der Bulle, benahm sich ausgerechnet hier in der Polizeiwache wie ein Einbrecher.

Er ging zu einem Fenster im Eingangsbereich und spähte durch eine Häkelgardine mit Blumenmuster.

Noch ehe er Nolte in seinem Mustang davonfahren sah, hörte er es. Das entrüstete Brüllen von acht Zylindern, die ein zorniger, schwerer Lederstiefel am Gaspedal in Aufruhr versetzte. Dann schoss das nachtschwarze Fahrzeug am Fenster vorbei und verschwand hinter Einfamilienhäusern.

»Haben Sie die Bildschirme auch abgestellt?«

Kahlberg fuhr herum. Vor ihm stand der Beamte, der ihn in den Überwachungsraum geführt hatte, und blickte ihn besorgt und etwas linkisch an.

Kahlberg riss sich zusammen, um ihm nicht eine dämliche Antwort vor die Stirn zu knallen. »Machen Sie sich keine Sorgen, alles ist wieder so, wie wir es vorgefunden haben.«

Der Beamte schien mit der Antwort zufrieden zu sein, seine Züge entspannten sich.

Kahlberg nickte ihm zum Abschied zu. In ihm machte sich allmählich der unbändige Drang breit, Abstand von diesem Ort zu gewinnen. Er öffnete die Schleusentür, und der wachhabende Beamte hinter der Panzerglasscheibe grüßte ihn, während Kahlberg an ihm vorbeiging. Er war intern schneller bekannt geworden, als ihm lieb war.

Im Hinausgehen bereits steckte er sich eine Zigarette zwischen die Lippen und zündete sie noch vor dem Überschreiten

der Türschwelle an, ein Affront den Kollegen und der Dienst-
vorschrift gegenüber, den hier allerdings niemand, dessen war
er sich sicher, mitbekommen hatte.

KAPITEL SECHS

Kahlberg ruhte auf einer der Tropenholzliegen, die fest installiert vor dem Gipfelcafé standen, und rauchte. In der anderen Hand hielt er einen Latte macchiato und kämpfte darum, die Erinnerung an Teds blutende, zitternde Hand über dem Poster der Beatles zu verdrängen. Der Song *Helter Skelter* inspirierte angeblich Charles Manson zu blutigen Morden.

Will you won't you want me to make you?

I'm coming down fast but don't let me break you, dröhnte es als Endlosschleife durch Kahlbergs Hirn.

Er schüttelte sich knurrend und schaffte es schließlich, die Melodie und die Bilder von mit Blut beschriebenen Wänden aus seinem Kopf zu vertreiben.

Auf der Polizeistation hatte die selbst auferlegte Spitzelrolle einen Abgang als vom Verdacht befreiter Mann nötig gemacht, bevor er in seinen Wagen steigen und auf den weit und breit höchsten Berg fahren konnte. Die klare Luft bot ein außergewöhnliches Panorama. Sanft wellte sich die Heidelandschaft bis zum Ende der flachen, weiten Gipfelkuppe, von der sich eine für ein Mittelgebirge beeindruckende Fernsicht bot. Kein Dunst verwischte den Horizont und gen Südosten reichte die Sicht bis ins Hessische. Etwas weiter Richtung Westen warf sich bei Kahlberg gar die Frage auf, ob dort wohl schon Rheinland-Pfalz lag mit seinem weinbestandenen Rheintal. Ein Wunschdenken, gewiss, aber Kahlberg vertrug abgelegene Orte besser, wenn er sie mit der Welt verband.

Die Sonne gab noch immer Wärme, obwohl sie nun bereits erheblich tiefer stand und der sich lichtende Strom der Ausflügler Kahlberg an das Verrinnen der Zeit und die Dringlichkeit zu handeln erinnerte.

Er zog sein Telefon hervor und wählte Hahnes Privatnummer. Sie nahm nach dem dritten Klingelzeichen ab und die

Wärme, die in ihrer Stimme bei der formellen Begrüßung mitschwang, ließ die Freude über seinen Anruf erkennen. Er bedauerte sofort, keinen anderen Anlass gefunden zu haben, sie anzurufen, wie zum Beispiel ein Glas rheinland-pfälzischen Weines an einem der sonnigen Plätze am Düsseldorfer Rheinufer.

»Es tut mir leid, dass ich Sie stören muss«, leitete er sein Anliegen etwas ungelenk ein.

»Sie stören nicht, Kahlberg«, antwortete die vertraute Stimme und fügte eilig mit beinahe frivol anmutendem Ton hinzu: »Zumindest noch nicht um diese Uhrzeit.«

Kahlberg vergaß für einen Augenblick den Grund seines Anrufes und dachte darüber nach, was Hahne wohl an diesem Wochenende tun würde und es schwante ihm, dass der Platz ihr gegenüber am Rheinufer wohl bereits vergeben war. Hahne, seine Vorgesetzte, bei der er immer wieder Ausreden fand, es nicht doch einmal zu versuchen. Zu alt, mal wieder vergeben, Kollegin, wird sowieso nichts.

»Kahlberg? Sind Sie noch da?«, kam es plötzlich durch den Hörer.

Er riss sich zusammen. »Um es kurz zu machen, ich bin Zeuge gewesen, wie jemand ermordet wurde, den ich kannte. Und ich will diesen Fall haben.«

Dann erzählte er ihr die bisherigen Ereignisse bis ins kleinste Detail und legte Wert auf seinen nicht sonderlich positiven Eindruck betreffend der Polizeiwache und ihrer Besetzung.

»Der Fall wird sowieso nach oben weitergereicht, da können Sie mich auch gleich drauf ansetzen«, endete er entschlossen.

Hahne schwieg. Dann sagte sie: »Das kann so nur der Polizeipräsident entscheiden.«

»Gehen Sie besser gleich zum Innenminister.«

»Ich bitte Sie, der hat anderes zu tun.«

»Er ist mir noch was schuldig«, ließ Kahlberg nicht locker.

Hahnes Schweigen war diesmal wie eine Bestätigung. Kahlbergs Einsatz in Himmel hatte vor einiger Zeit verhindert, dass sich der Innenminister in ein wahres Wespennest an Korruption setzte.

Schließlich erklang ein Seufzen und: »Eine Beförderung ist dann allerdings wahrscheinlich nicht mehr der Lohn für Ihre Arbeit.«

»Ist mir egal, ich will diesen Fall haben«, sagte Kahlberg, und mit Nachdruck: »Ich muss ihn haben.«

Kahlberg hörte Hahne tief Luft holen. »Also gut«, sagte sie dann. »Ich rufe Sie in einer Stunde wieder an.«

Als sie aufgelegt hatten, trank Kahlberg den Rest seines Latte macchiato, stand auf und brachte das Glas zurück in das Selbstbedienungscafé. Als er wieder ins Freie trat, begann er, einem der ausgeschilderten Wanderwege zu folgen; es galt, etwas Zeit totzuschlagen.

Noch blühte die Heide nicht, nur vereinzelt leuchteten Blumen als vom Frühsommer hervorgelockte Farbsprenkel über dem dunkelgrünen Grund. Ein schmaler Fußweg wand sich über flache Hügel zwischen einsamen, grotesk verdrehten Bäumen, die es geschafft hatten, den Schafsherden und schroffen Winden der Hochheide zu trotzen.

Nach wenigen Minuten erreichte Kahlberg am Rand der Heide einen kleinen kreisförmigen Platz mit auf einer niedrigen Trockensteinmauer ruhenden Holzbänken. Mitten durch deren Rund zog sich ein winziges Rinnsal, welches einer Pfütze entsprang, die an der Hangseite zwischen den Bänken schimmerte. Hinter ihr prangte an einem großen Stein ein Messingschild. »Lennequelle« stand darauf.

Kahlberg musste grinsen. Endlich hatte er eine Quelle gefunden, wenn auch der hier entspringende Fluss sich seinen Weg nicht durch Himmel bahnte.

Er setzte sich auf eine der Bänke und spürte die Sonne auf seiner Haut. Das Rinnsal schimmerte wie flüssiges Metall, die fichtenbestandene Bergflanke zu seinen Füßen rauschte im Wind.

Nach und nach wurde er erneut Teil der Welt. In weniger als einer Stunde würde er eine Aufgabe haben.

KAPITEL SIEBEN

Auf den ersten Blick wirkte die Polizeistation mit ihrem Satteldach, aus dem ein großer Erker ragte, den weißen Mauern und den unterteilten, kleinen Fenstern wie ein zweckentfremdetes Mehrfamilienhaus, oder vielmehr, dem touristischen Charakter des Ortes entsprechend, wie eine ehemalige Pension. Nicht ganz klar wurde dabei, ob das Gebäude tatsächlich einmal als Herberge diente, oder ob man von vornherein um eine Einbindung in die Umgebung bemüht gewesen war. Jedenfalls machte der den Vorgarten ersetzende Parkplatz mit den drei darauf stehenden Dienstfahrzeugen diese Absicht, wenn man sie denn je verfolgt hatte, zu einem Gutteil zunichte. Was blieb, war der Mief kleinbürgerlich kaschierter Staatsgewalt.

Kahlberg hatte seinen Quattro auf den schmalen Besucherparkplatz neben den in Silber und Blau lackierten Kombis manövriert, sich gekonnt aus dem engen Türspalt gezwängt – eine der Fähigkeiten jahrelangen Großstadtlebens – und die Personenschleuse betreten, in welcher er sich nicht lange aufhalten musste. Er wünschte sich beim Durchschreiten beinahe, jemand würde seine Dienstwaffe ziehen und ihm Handschellen anlegen; selbst das wäre besser gewesen als diese neutrale Freundlichkeit unter Kollegen, die ihm von allen Seiten entgegenschlug und seine Tarnung, wenn überhaupt noch vorhanden, gänzlich von ihm zu nehmen drohte. Doch er erwiderte die auf ihn gerichteten Blicke mit einem knappen Nicken und begann, die Treppe hinaufzusteigen.

An der Wand hingen von Kindern gemalte Polizistenbilder; meist freundlich dreinblickende Eierköpfe mit Polizeikelle, oftmals noch in der alten grünen Uniform, an denen fröhliche Schulanfänger vorüberzogen auf dem Weg in ihr vormittägliches Gefängnis. Auf einem Bild hatte der Polizist, diesmal ein blauer, seine Waffe gezogen, aus der sich eine gestrichelte Linie zum Bösewicht zog, ein präziser Strahl Geschosse, der den Halunken zur Strecke brachte. Rotes Wachsmalblut sammelte sich unter dessen Körper in einem großen Knäuel. Die Sonne lachte, der Schütze tat es auch.

Im ersten Stock kannte Kahlberg sich nicht mehr aus. Er hatte beim letzte Mal nur gesehen, dass Wiesenkötter von hier heruntergekommen war, um ihn, nach knapper Einweisung mit gesenkter Stimme, wie eine Trophäe ins Verhörzimmer zu führen. Er ging von Tür zu Tür und las die Schilder, die daneben an der Wand befestigt waren.

Aus einer der Türen trat ein Beamter.

»Kann ich Ihnen helfen?«, fragte er. In seiner Stimme schwang doch tatsächlich eine Prise Misstrauen.

»Kriminalhauptkommisar Kahlberg«, stellte Kahlberg sich vor. »Ich möchte zu Polizeihauptkommissar Wiesenkötter.«

»Kommen Sie«, forderte ihn der Beamte auf und begann, vor ihm herzugehen. »Ich hoffe er ist noch da, so kurz vor Feierabend.«

Aha, dachte Kahlberg spöttisch. Wiesenkötter hobelte also für gewöhnlich fleißig an den letzten Dienstminuten. Wie viele Stunden würden dabei wohl jährlich zusammenkommen? Nicht, dass er es ihm nicht gönnte, aber es waren halt immer die Typen, die sich am zackigsten gebärdeten.

Schließlich hielt der Beamte vor der letzten Tür und klopfte.

»Ja?«, scholl es dumpf und mißmutig durch das Resopal.

Der Beamte öffnete die Tür und schob den Kopf durch den Spalt, als legte er ihn in ein Löwenmaul.

»Hier ist ein Kriminalhauptkommissar Kahlberg, der Sie sprechen möchte«, drang seine Stimme gedämpft auf den Gang.

»Ach ja?«, hörte Kahlberg Wiesenkötter gleichgültig brummen und dann: »Schicken Sie ihn rein.«

Erleichtert zog der Beamte den Kopf aus dem Spalt und wandte sich Kahlberg zu, während er die Tür weiter aufschob.

»Bitte sehr.«

Kahlberg nickte ihm zu und betrat den Raum. Auf der Fensterbank rankten schüchtern ein paar schmächtige Topfblumen ihre Stängel in das gardinenfreie Niemandsland zwischen Amtsstube und Fensterglas. An den Wänden standen Regale voller Aktenordner. An einem ausladenden Schreibtisch, der in den Neunzigern einmal modern gewesen sein musste, saß, übellaunig auf seine Ellbogen gestützt, Wiesenkötter. Vor ihm auf der gläsernen Schreibfläche stand ein nagelneuer, eigentlich nur aus einem Flachbildschirm bestehender Computer, das PC-Plagiat einer bekannten kalifornischen Apfelmarke. Hinter ihm hing die vergrößerte Fotografie der örtlichen Skisprungschanze, eingebettet in einer verschneiten, bunt mit Skiläufern gesprenkelten Winterlandschaft. »Ich hatte Sie schon erwartet.«

Das überraschte Kahlberg nicht. Umso erstaunter ließ er sein »Ach ja?« klingen.

Wiesenkötter nahm einen Bleistift aus der hölzernen Ablage neben der Tastatur und neigte seinen massigen Kopf zur Seite. »Kommen Sie, Sie wollen mir doch nicht weismachen, Sie wüssten noch nicht, dass Sie den Fall übernehmen sollen.«

Kahlberg dankte Hahnes Taktgefühl, die Übertragung des Falles als Weisung von oberster Instanz zu inszenieren, welcher sich keiner der Beteiligten widersetzen konnte. »Man hat mich telefonisch konsultiert, ob ich dazu bereit wäre, aber es war noch nicht ganz klar, ob es dazu käme.«

Das war noch nicht einmal gelogen. Hahne hatte in einem zweiten Telefonat noch einmal seine Entschlossenheit geprüft und ihm dann mitgeteilt, es sähe gut aus und er solle sich zur Wache begeben.

»Na, kommen Sie«, lächelte Wiesenkötter gekränkt. »Und deswegen sind Sie hier wieder aufgetaucht? Weil es noch nicht ganz klar war?«

Seine fleischigen Finger schienen den Bleistift jeden Augenblick durchzubrechen.

»Tja.« Kahlberg zuckte mit den Schultern. Irgendwie tat ihm der massige Mann am Schreibtisch leid, der gerade in seinem eigenen Revier in die Schranken gewiesen wurde.

»Schon gut«, sagte Wiesenkötter erstaunlich jovial. »Da wird ein Bekannter direkt vor Ihrer Nase ermordet und es ist Ihr Beruf, solchen Dingen nachzugehen.«

»Das war ein ziemlicher Schock für mich.«

»Glaube ich Ihnen gerne.« Er legte den Bleistift zurück in die Ablage und starrte auf die dahinter stehenden Fotos, welche wohl seine Frau und seine Kinder zeigten. Die gut genährten Kleinen, ein Junge und ein Mädchen, würden nach ihm kommen, soviel stand fest. »Sie hat die Nachricht übrigens nicht gut verkraftet. Ein Arzt musste ihr ein Beruhigungsmittel verabreichen.«

Kahlberg begriff, dass Wiesenkötter Ted Jones' Lebensgefährtin meinte, und sagte: »Das Schlimmste hat sie noch vor sich.«

Wiesenkötter nickte düster. »Das sehe ich auch so.« Dann sah er Kahlberg fragend an. »Haben Sie noch was vor?«

Der wiegte unschlüssig den Kopf. »Ich muss sehen, wo ich hier irgendwo unterkomme.«

»Da weiß ich was für Sie«, sagte Wiesenkötter verbindlich und fügte hinzu: »Außerdem haben wir noch so einiges zu besprechen und es gibt mit Sicherheit angenehmere Orte dafür als den hier.«

KAPITEL ACHT

Es war die Art von Kneipe, die sich Kahlberg insgeheim beim Treffen mit Ted gewünscht hatte. Mit einer Holzvertäfelung aus einer Zeit, in der man noch für die Ewigkeit zu schreinern pflegte. Mit nikotingelben Wänden als trotziger Reminiszenz an die Zeit vor dem Rauchverbot. Mit rotgesichtigen Typen, von majestätisch-vollleibig wie Braunvieh bis zäh und dürr wie die knorrigen Bäume der Hochheide, die alle behäbig am Tresen durcheinanderschwatzten; nicht einmal Schlagermusik verschmutzte den Klang der vollmundigen, jovialen Stimmen. Hinter der Zapfanlage stand eine trotz ihres Alters noch immer attraktive Frau, deren Brauen sich bei der Vollendung jeder Schaumkrone konzentriert zusammenzogen. In ihrem ebenmäßigen Gesicht stand ein unentwegtes Lächeln. Weder aufgesetzt noch anbiedernd, schien es aus ihrem Innersten zu dringen, aus einer ruhenden, mütterlichen Seele.

Kahlberg saß mit Wiesenkötter etwas abseits an einem ruhigeren Fensterplatz. Vor ihnen standen zwei Biere, die sie beim seichten, einleitenden Zwiegespräch bereits zur Hälfte geleert hatten.

»Hier können Sie in der Zwischenzeit gut unterkommen, die Zimmer sind angenehm und die Preise günstig«, sagte Wiesenkötter, beugte sich ein wenig weiter zu Kahlberg über den Tisch und raunzte: »Und die Wirtin ist sehr ledig.«

Kahlberg vermied jeglichen Seitenblick auf die üppige Gestalt der Wirtin, Wirtin immerhin und keine Angestellte, wie er nun wusste, und wischte übertrieben unbeteiligt über die Kondenstropfen auf seinem Glas während er antwortete: »Vollpension also, mit allem Drum und Dran.«

»Vor allem mit Drum und Dran«, ulkte Wiesenkötter und begann erneut, jene kurzen, überkandidelten Kicherlaute auszustoßen, die Kahlberg schon in der Polizeiwache zu hören bekommen hatte.

Aus notgedrungen empfundener Kollegialität pflichtete Kahlberg ihm mit einem Grinsen bei. Wiesenkötter war zwar unmöglich, aber wohl doch einer von der netten Sorte, ungeachtet der vorhergehenden Konfrontation. Kahlberg kalkulierte rasch, wie lange die Kunde von seiner Unterbringung in der Landpension bis ins Ortszentrum und von dort in alle Schichten und Kreise benötigen würde, bevor er entschied: »Perfekt, hier bleibe ich.«

Er bemerkte, wie in Wiesenkötters Gesicht erneut ein zweideutiges Grinsen aufflammte und fügte eilig hinzu: »Kommen wir zur Sache. Was haben wir bisher?«

Wiesenkötter wurde nachdenklich, er nahm einen tiefen Schluck und sagte: »Nicht viel.« Dann wischte er sich mit dem Handrücken die Lippen trocken und fügte hinzu: »Wir haben uns alle vorgenommen, die hier schon mal auffällig geworden sind, aber bisher ist dabei nichts rausgekommen.«

»Wir fischen also im Trüben und keiner geht uns ins Netz.«

»Weil es alles sehr kleine Fische sind.« Wiesenkötter zuckte mit den Achseln. »Womöglich war es jemand von außerhalb, viele kommen durch einen Touristenort wie diesen.«

»Es muss einen Grund gegeben haben, warum mich Ted hierhergebeten hat.« Kahlberg blickte Wiesenkötter fest an. »Was ist mit diesem Nolte?«

»Er hat vor ein paar Jahren mal wegen ein paar Gramm gesessen. Ein harmloser Kleindealer.«

»Mit einem großen Auto. So etwas kostet.«

»Er hat eine Skilehrerlizenz und man sagt, er veranstalte in der übrigen Jahreszeit illegale Autorennen, aber wir konnten ihm bisher nichts nachweisen.«

»Und davon kann man hier leben?«, fragte Kahlberg spöttisch. Er kam sich vor wie in einem Verhör und hätte nur zu gerne eine Wolke Zigarettenqualm in Wiesenkötters zu offen dreinblickendes Gesicht geblasen. Zum Teufel mit dem Rauchverbot, dachte er.

»Es gibt da noch etwas«, schnaufte Wiesenkötter und machte aus seiner Faszination für das nun Kommende keinen Hehl.

»Unser Ort setzt bei seinen Gästen mehr und mehr auf Familien und gewisse, na, sagen wir mal Industrien, passen da nicht ins Konzept.«

»Soll heißen?« Kahlberg behielt einen kollegialen Tonfall, während sein Verlangen nach einer Zigarette stetig zunahm.

»Dass wir da besonders hinschauen.« Wiesenkötter legte eine dramatische Pause ein, aber als von Kahlberg keine Nachfrage kam, sagte er: »Nolte hat hier ein Mädchen laufen.«

»Nein, so was«, heuchelte Kahlberg übertriebenes Interesse. Seine Lungenschmacht wuchs allmählich ins Unerträglich.

»Ein Zuhälter!«, echauffierte sich Wiesenkötter, die Reaktion seines temporären Vorgesetzten tatsächlich für Entrüstung haltend. »Von so einer Lateinamerikanerin, die ausgerechnet hier ihr Glück versuchen muss.«

»Das macht ihn ja noch nicht zu einem Mörder. Ich hatte außerdem den Eindruck, dass Ted ihm wohlgesonnen war.«

»Wer weiß, weshalb. Uns hat er es jedenfalls nicht erzählt.« Wiesenkötter hob vielsagend die Brauen und leerte sein Glas, dann wandte er sich zur Wirtin und bestellte, ohne Kahlberg zu fragen, zwei weitere Biere.

Draußen war die Dämmerung hereingebrochen und der Schankraum hatte sich weiter gefüllt. Kahlberg konnte nur vereinzelt Worte aus dem beruhigenden Stimmengewirr heraushören, das ihn sogar für Augenblicke sein Verlangen nach Nikotin vergessen ließ. Schließlich jedoch wurde es übermächtig und er setzte gerade an, sich auf einen Gang vor die Tür zu entschuldigen, als die Wirtin mit dem Bier erschien und es vor ihnen auf den Tisch stellte.

»Danke, Birte«, sagte Wiesenkötter und legte seine klobigen Finger sacht um ihr Handgelenk. »Ich habe hier einen Gast für dich, der einige Nächte bleiben wird.«

Kahlberg sah die Wirtin freundlich an. »Man hat Sie mir wärmstens empfohlen.«

»Ich hoffe, man hat nicht übertrieben«, gab sie mit einem offenen Lächeln zurück und strich sich eine Strähne ihres halblangen blonden Haares hinters Ohr. »Meine Pension ist eher schlicht.«

»Sie ist perfekt«, erwiderte Kahlberg, wobei sich ihre Blicke etwas zu lange trafen.

»Na, dann herzlich willkommen. Sagen Sie mir einfach Bescheid, wenn sie aufs Zimmer wollen, die Theke ist auch Rezeption.« Sie drehte sich um und steuerte mit geschäftigem Schritt durch die Ansammlung von Männern am Tresen, Begrüßungen austauschend und Bestellungen entgegennehmend.

Kahlberg blickte ihr nach und es fiel ihm auf, dass sich bis auf wenige Ausnahmen keine weiblichen Gäste im Raum befanden. Die Rolle der Frau schien hier in der Provinz noch eine andere zu sein als in der Stadt.

Wiesenkötters süffisantes Lächeln riss Kahlberg aus seinen Betrachtungen und er hätte ihm am liebsten zu verstehen gegeben, dass er für einen prüden Dorfpolizisten recht frivole Fantasien hegte. Stattdessen fragte er in dienstlichem Tonfall: »Und was können Sie mir über diese Prostituierte sagen?«

»Eine Kolumbianerin, soviel ich weiß. Ihr Name ist wie der dieses spanischen Schriftstellers.« Er legte den Finger an die Schläfe und versuchte, sich zu erinnern. »Der mit dem Ritter von der traurigen Gestalt.«

»Cervantes?«

»Ja, genau!« Wiesenkötter schnippte mit den Fingern. »María Cervantes.«

Kahlberg stutzte. »María?«

»Ja. Wieso?« Wiesenkötter sah ihn überrascht an.

»Ted hat im Sterben doch MA an die Wand geschrieben. MA wie MAría.«

»Sie glauben, Ted Jones könnte sie gemeint haben?«, fragte Wiesenkötter wenig überzeugt.

»Ich glaube gar nichts. Aber es ist zumindest eine Koinzidenz.«

»Eine was?«, wollte Wiesenkötter wissen und blinzelte unsicher.

»Das Zusammentreffen zweier Ereignisse in Raum und Zeit«, erklärte Kahlberg.

»Natürlich, natürlich«, nickte der Polizeihauptkommissar, während er fahrig die Decke des Schankraums musterte und dabei die Hilflosigkeit seines Beamtengehirns offenbarte.

»Wodurch ein kausaler Zusammenhang zumindest möglich wäre«, fuhr Kahlberg fort.

»Nun, wenn Sie meinen«, sagte Wiesenkötter plötzlich knapp angebunden und blickte auf seine Uhr.

Kahlberg erkannte, seinen Kollegen ungewollt bloßgestellt zu haben und setzte eilig zu etwas Versöhnlichem an, aber Wiesenkötter kam ihm zuvor.

»Ich glaube, meine Frau erwartet mich allmählich.« Er warf Kahlberg einen entschuldigenden Blick zu. »Sie wissen ja, wie das ist.«

Kahlberg wußte es nicht und vermutete, dass seine letzte Beziehung womöglich genau deswegen nur noch in seiner Erinnerung existierte. »Sagen Sie mir einfach, wie ich an diese Cervantes rankomme, den Rest schaffe ich schon alleine.«

»Sie ist wahrscheinlich unterwegs um diese Uhrzeit. Hausbesuche in der weiteren Umgebung«, sagte Wiesenkötter und unterstrich das Gesagte mit einem frivolen Zwinkern.

Kahlberg tat, als habe er es nicht gesehen und fragte sachlich:

»Und Nolte?«

»Wird auch auf Achse sein«, antwortete Wiesenkötter leicht ungehalten. Offensichtlich konnte er sich nicht daran gewöhnen, einem Vorgesetzten Rede und Antwort zu stehen.

»Egal. Es reicht, wenn Sie mir sagen, wo er wohnt. Früher oder später wird er bei sich zu Hause vorbeikommen.«

Wiesenkötter nickte. »Die Adresse habe ich noch vor Augen aus dem Protokoll.«

Er zückte einen Kugelschreiber, schrieb sie auf einen Bierdeckel und gab ihn Kahlberg.

Der zwängte sich hinter dem Tisch hervor und erhob sich. »Auf geht's, auf jeden von uns wartet seine Pflicht.«

KAPITEL NEUN

Der Asphalt des schmalen Bürgersteigs grenzte direkt an das mit fleckigem Eternit verkleidete Fachwerkhaus, das sich am Ortsrand an einen steilen Hang presste. Die Eingangstür schimmerte giftig im metallgebeizten Charme der späten Siebziger. Herabgelassene Rollos hinter Thermopenscheiben verwehrten die Sicht ins Innere, was im Grunde überflüssig war, brannte dort doch kein einziges Licht und eine Straßenlaterne, die die Räume hätte erhellen können, stand erst über dreißig Meter entfernt.

Kahlberg saß ein wenig abseits in seinem geparkten Quattro und rauchte die mittlerweile dritte Zigarette. Von Nolte keine Spur. Er spürte beinahe, wie dieses Haus seinen Bewohner Nacht um Nacht vertrieb, und konnte diesem die Flucht kaum übelnehmen. Umso mehr wunderte ihn, dass Nolte immer wieder hierher zurückzukehren pflegte, was er allerdings in dieser Nacht bisher nicht getan hatte.

Als die Glut den Filter zu erreichen drohte, schnippte Kahlberg die Zigarette aus dem offenen Wagenfenster. Ein Blick auf die Uhr zeigte ihm das träge Voranzucken des Sekundenzeigers. Seufzend ließ er sich in den Sitz zurücksinken. Die mondlose Nacht hatte bis auf einen schwachen Schimmer jenseits der die Straße säumenden Bäume den Tag verdrängt und die Luft, die über Kahlbergs Gesicht und seine auf dem Lenkrad ruhenden Hände strich, fühlte sich erfrischend kühl an.

Mit geschlossenen Lidern lauschte er dem sanften Rauschen der Blätter. Der Ruf eines Käuzchens paarte sich mit dem fernen Brummen eines Autos. Da wurde Kahlberg bewusst, wie anders das Land im Vergleich zu Düsseldorf klang. Dann rauschten erneut nur die Bäume in der lauen Brise, bis sich, aufkommendem Platzregen gleich, ein scharfes Klatschen näherte. Als es dicht herangeglitten war, untermalt von einem sonoren Brummen, wurde Kahlberg bewusst, dass es sich um ein Auto handelte. Eilig schlug er die Augen auf. Doch der unscheinbare Wagen rollte vorüber und verschwand in der Nacht.

Für einen Augenblick zog Kahlberg in Erwägung, auszusteigen und das Schloss der gewiss vorhandenen Hintertür zu knacken, verwarf diesen Plan aber, da er zur Zeit noch mit mehr Risiken als Nutzen behaftet war. Einem potentiellen Täter die Möglichkeit zu geben, sich als Opfer polizeilicher Willkür darzustellen, behagte ihm nicht.

Er überlegte, ob er eine weitere Zigarette anzünden sollte, stattdessen aber drehte er den Zündschlüssel um, der Motor brummte auf und er fuhr in die Richtung, in der zuvor der vorbeifahrende Wagen verschwunden war. Die Wahrscheinlichkeit, Noltes auffälliges Fahrzeug irgendwo unterwegs zu sehen, schien weit größer, als ihn hier vor seinem Haus anzutreffen. Vielleicht hätte er doch besser die Polizeistreifen um Mithilfe bitten sollen, aber er wollte lieber erst mit der Umgebung vertraut werden. Er hätte wie ein Idiot dagestanden, hätte er bei der Durchgabe einer Adresse erst sein Navigationsgerät programmieren müssen, um die Verfolgung aufnehmen zu können. Auf einen Schlag wäre seine Autorität mitsamt Nolte fort gewesen.

Er fuhr ins Ortszentrum, kurvte durch die schmalen Straßen, näherte sich dem belebten zentralen Platz und musste abbiegen, da dieser zur Fußgängerzone wurde. Schließlich kam Kahlberg, ohne es beabsichtigt zu haben, am Tatort vorbei. Der Club war geschlossen, im Vorüberfahren konnte er die Siegel der Polizei und eine vom Besitzer an die Tür geheftete Mitteilung erkennen. Niemand schien den Ort des Verbrechens zu beachten, eine Handvoll Urlauber flanierte entspannt vorüber, lachte und genoss das Wochenende. Gewiss hatten die Einheimischen alles daran gesetzt, die Nachricht vom Mord von ihnen fernzuhalten.

Die Gebäude an der Straße standen bald in größeren Abständen, viele der Schilder waren auf Holländisch geschrieben. Die Bewohner jenes Landes, von denen fast zwei Drittel unter dem Niveau des Meeresspiegels lebten, schienen hier auf mehreren hundert Metern Höhe in großer Zahl eine Zuflucht gefunden zu haben.

Dann war der Ortsausgang erreicht und Kahlberg bog in eine gut ausgebaute Umgehungsstraße, die ihn durch einen kurzen Tunnel und dann zurück ins Zentrum führte mit seinen penibel gepflegten Häusern. Von Nolte und seinem schwarzen Mustang fehlte weit und breit jede Spur.

Wieder ging es über die Hauptstraße und für einige Momente konnte Kahlberg die Erinnerung an die Tat nicht verbannen. Mit Erleichterung erreichte er erneut das Ortsende und bog diesmal in die entgegengesetzte Richtung ab. Die zu dieser Jahreszeit gänzlich überdimensioniert wirkende Umgehungsstraße führte nun geradewegs ortsauswärts. An verschneiten Wintertagen würden sich skibepackte Autokolonnen über sie wälzen, aber noch zog sie sich fast verlassen durch die Reihen meist leerer Apartmenthäuser und Ski- und Fahrradverleihe.

Schließlich fuhr Kahlberg an einer überfüllten Après-Ski-Hütte vorbei, die derart raumgreifend ihr flaches, weit überhängendes Giebeldach ausbreitete, dass sie aus den Alpen oder Aspen zu stammen schien. Kahlberg machte auf Anhieb den davor geparkten nachtschwarzen Mustang Fastback aus. Er fuhr noch ein Stück weiter, dann wendete er und hielt in sicherem Abstand. Mit einer brennenden Zigarette in der Hand machte er es sich im Fahrersitz bequem. Jetzt, wo er sein Ziel im Visier hatte, besaß er alle Geduld der Welt.

Die Après-Ski-Hütte hatte sich in dieser Frühsommernacht in eine Partyhöhle verwandelt, wahrscheinlich versuchte ihr Besitzer, Gäste des vorübergehend geschlossenen Clubs zu binden. Für Pietät gab es in der angehenden Sommersaison keinen Platz. Menschen standen im Freien und rauchten im grünen Widerschein einer Heineken-Leuchtreklame, während von innen laute, pulsierende Bässe drangen. Der Rhythmus wurde zu einem beständigen Impuls, der sich schwach über das Lenkrad auf Kahlbergs darauf ruhender Hand übertrug.

Er musste nicht lange warten, bis Nolte ins Freie trat und geradewegs in den Mustang stieg. Das Aufbrüllen des Achtzylinders übertönte die dumpfen Bässe, dann bahnte sich der Wagen mit drohendem Grollen seinen Weg entlang der Rauchergruppen; ein kaum gezähmtes Tier vor dem Sprung.

Kahlberg wartete einen Moment, bevor er den Motor anließ, und folgte den Rücklichtern des Mustangs, die vor ihm dicht über der Straße wie aus schmalen Schießscharten strahlten.

Sie fuhren in Richtung des Ortes, durchquerten die Peripherie, die Kahlberg bei seiner missglückten Exkursion zur Ruhrquelle beschritten hatte, und verließen das nachtschlafende Gewerbegebiet über eine gut ausgebaute Landstraße, vorbei an einem hell erleuchteten Burgerrestaurant, hinter dem der Ort abrupt endete und der Asphalt der Straße durch ein sanft abfallendes, zunächst unbebautes Hochtal zu führen begann.

Nach wenigen Kilometern bog der Mustang in eine Einfahrt. Im Vorbeifahren konnte Kahlberg auf dem unbeleuchteten Gelände außer den aufflammenden Bremslichtern nichts erkennen.

Nach ein paar hundert Metern wendete er im Schutz einer Kurve und fuhr langsam zurück, bis er kurz vor der Einfahrt eine schlammige Parkbucht am Straßenrand fand und den Quattro dort abstellte.

Er betrat die Einfahrt, die über eine kurze Brücke führte. Unter ihm plätscherte sanft ein Bach. Die Scheinwerfer des Mustangs waren erloschen und das Gelände lag in pechschwarzer Nacht.

Als Kahlberg sich an die Dunkelheit gewöhnt hatte, konnte er die Umrisse einer großen Halle und diverser Nebengebäude erkennen. Der Mustang parkte, nur als schwacher Schatten auszumachen, wenige Meter davor.

Kahlberg blieb stehen und lauschte. Neben dem Rauschen des Baches durchdrang ein leises, kaum vernehmbares Brummen die Luft.

Er ging weiter und mit jedem Schritt in Richtung Hauptgebäude nahm die Lautstärke des Brummens zu. Kein Lichtstrahl drang aus den toten Fenstern, die Kahlberg nun als schwarze, rechteckige Höhlen ausmachen konnte.

Als er das alte Ziegelmauerwerk erreicht hatte, legte er die Hand darauf. Er konnte nichts spüren, obwohl das unterschwellige Brummen alles zu durchdringen schien. Erst als er das Ohr an die Wand legte, kam es ihm vor, als stiege es aus dem Inneren der Erde empor.

Dann wurde eine Tür geöffnet und helles Licht fiel in den dunklen Hof. Kahlberg presste sich an die Wand und hoffte, seine schwarze Lederjacke würde eins mit dem Mauerwerk.

Eine große, schlanke Frau erschien im Türrahmen. Für einen Augenblick glaubte Kahlberg, sie absorbiere das Licht, bis er begriff, dass es sich um eine Schwarze handelte. Ein dezentes Kleid schmiegte sich an ihren schlanken Körper bis knapp über ihre Knie und eine kleine Handtasche hing von ihrer Schulter. Dann trat Nolte neben sie, seine Haut schimmerte bleich im Schein der Lampe.

Die Frau verabschiedete sich und Nolte sah ihr nach, während sie in dem aus der Tür fallenden Lichtkegel auf einen Austin Mini zuging, den Kahlberg zuvor in der Dunkelheit nicht hatte ausmachen können.

Als sie den Motor anließ und losfuhr, beachtete Kahlberg zu spät den wandernden Lichtkegel der Scheinwerfer, der sich beim Wenden des Wagens für einen Moment genau auf ihn richten würde. Gerade noch schaffte er es, in die Hocke zu gehen und sich die Jacke wie einen alten Lappen über den Kopf zu ziehen. Hochgewachsene Gräser warfen ihre Schatten wie ein Tarnnetz über ihn, während er reglos verharrte, bis der Wagen weitergefahren war und die Scheinwerfer andere Teile des Geländes erhellten. Rampen kamen zum Vorschein, Stapel vor sich hinmodernder Baumstämme und mit jungen Sträuchern überwucherte Haufen Sägespäne. Kahlberg erkannte, dass es sich um ein vor nicht allzu langer Zeit stillgelegtes Sägewerk handeln musste.

Als der Wagen auf die Brücke fuhr, schloss Nolte die Tür. Bevor Kahlberg losrannte, hörte er, dass im Inneren Riegel vorgeschoben wurden.

Er erreichte die Straße und bekam noch soeben mit, wie die Rücklichter des Mini hinter einer Kurve in Richtung des Wintersportortes verschwanden.

Er rannte zu seinem Audi, sprang hinein und fuhr eilig los. Durch das Aufheulen des Motors hindurch hörte er den Schlamm der Parkbucht in die Radkästen schlagen. Er durfte den anderen Wagen nicht verlieren, denn darin saß, ganz ohne Zweifel, María Cervantes.

KAPITEL ZEHN

Flammen loderten im Kamin, das noch nicht abgelagerte Holz zischte und knackte und der große Raum füllte sich mit Wärme, die gemeinsam mit der im Mauerwerk gespeicherten Hitze des Tages ein geradezu tropisches Klima schuf.

Der Alte spürte die Temperatur kaum, im Grunde war ihm immer kalt, und so nahm er mühsam ein weiteres Scheit vom Stapel an der Wand, legte es auf seine Knie und bewegte seinen Rollstuhl langsam auf das Feuer zu, wo er das Stück Holz mit vor Anstrengung zitternder Hand in die Flammen fallen ließ, als wäre es ein Barren Blei. Dann beobachtete er schweigend, wie das Feuer allmählich von dem toten Material Besitz ergriff und die züngelnden Flammen ihm den Anschein von Leben gaben.

Es klopfte an der Tür und ohne die Aufforderung des Alten abzuwarten, wurde sie geöffnet.

Im Rahmen stand Agata und sah ihn missbilligend an. »Ihr Besuch ist eingetroffen.«

Der Alte blickte wie immer unverwandt in ihre Augen und beinahe hätte er bei diesem permanenten Duell gegrinst, nicht wie ein nervöses Kind bei einer Willensprobe, sondern weil ihm klar wurde, warum er sie trotz ihres kalten Wesens bei sich behielt. Wegen ihrer Diskretion.

»Vortrefflich«, sagte er mit für seine Verhältnisse fester Stimme.

Agata trat zur Seite und warf einen mit Verachtung getränkten Blick über die Schulter. »Er erwartet Sie.«

Mit leichten und zugleich sicheren Schritten betrat die dunkelhäutige Frau den Raum, eine filigrane Hand an den schmalen Gurt der kleinen Handtasche gelegt. Im Vorübergehen nickte sie Agata zu, eine knappe Geste, mit so viel Würde ausgeführt, dass die zur Schau getragene Abneigung der Pflegeschwester daran abprallte.

Mürrisch schloss Agata die Tür von außen, nicht ohne zuvor einen weiteren missbilligenden Blick auf den Rücken der Schwarzen und in die Augen des Alten geschleudert zu haben.

Die Frau blieb vor dem Alten stehen und reichte ihm die Hand. »Wie geht es Ihnen heute?«, fragte sie mit einem angenehm singenden Akzent.

»Das interessiert Sie doch nicht wirklich?«, erwiderte der, umschloss ihre Hand mit seinen bleichen, blaugeäderten Klauen und begann, sie vorsichtig zu betasten. Das junge Fleisch fühlte sich fest und zugleich zart an.

»Doch, das tut es«, sagte sie beharrlich.

Er hob ihre Hand an seine faltigen Lippen und küsste sie, berauscht von der Nähe so viel Lebens. »Erlauben Sie mir, dass ich Ihnen aus Höflichkeit eine Antwort erspare.« Er ließ sie los und deutete auf einen Sessel, der neben ihm vor dem Kamin stand. »Bitte, setzen Sie sich doch.«

Sie folgte seiner Aufforderung und nahm Platz, die Beine anmutig aneinandergelegt und zur Seite geneigt, der Rücken gerade, was ihre schlanken und doch ausgeprägten Schultern betonte.

Sie lächelte ihn mit ihren vollen Lippen an, aus ihren dunklen Augen strömte die Wärme eines fernen Landes und bewirkte mehr als jedes Feuer, dass der Alte sein ständiges Frieren, den Rollstuhl und den Sauerstoffschlauch vergaß.

Er musterte sie für einen Moment schweigend, ergötzte sich an ihrer Schönheit, an der perfekten Rundung ihres Kopfes, die sich unter dem kurzen, krausen Haar abzeichnete, dessen fast asketische Strenge mit den großen goldenen Ohrringen kontrastierte. »Ich freue mich, Sie zu sehen«, sagte er dann.

»Ich mich auch«, erwiderte sie mit ihrem warmen Lächeln. »Niemand behandelt mich mit so viel Respekt wie Sie.«

»Die Menschen haben verlernt, die Schönheit des Lebens zu erkennen, wenn sie sich vor ihnen offenbart.« Er hob die Hände von der Lehne, abweisend, mit gespreizten, zitternden Fingern. »Die Welt ist profan geworden.«

»Wir haben nun mal keine andere.«

»Oh doch«, entgegnete der Alte. »Jeder Mensch hat eine eigene. Erzählen Sie mir von Ihrer Heimat. Bitte.«

Die Schwarze lächelte. Sie hatten dieses Ritual schon oft begangen, und jedes Mal wurde ihre Geschichte dabei dichter und mit neuen Details bereichert. »In meiner Heimat ist das Licht so intensiv, dass die Farben beim Anblick zu vibrieren scheinen, alles ist von Geräuschen durchdrungen, von Musik, Stimmen und Lachen. Wir lachen viel und gerne, und wenn wir nicht lachen, machen wir Liebe oder hassen abgrundtief. Denn in meiner Heimat wird Licht schnell zu Schatten, ganz ohne Übergang, nicht wie hier, wo alles in Grau getaucht ist. Aber ich werde Ihnen heute nur vom Licht erzählen.«

Die Hand des Alten tastete nach dem Ventil der Sauerstoffflasche und drehte es weiter auf. Er spürte den Strom des Gases an der Nasenspitze und bald darauf begann sein Kopf zu rauschen, ein leichter Schwindel überkam ihn und sein Herz schlug schneller. Er schloss die Lider und lauschte der Erzählung, die die Frau mit warmer, singender Stimme vortrug, von bunten Straßen voller lachender, tanzender Menschen unter einer strahlenden Sonne. »Kommen Sie zu mir«, sagte er leise, mit bebender Stimme, ohne die Augen zu öffnen.

Die Frau erhob sich und trat vor ihn. Sie machte einen weiteren Schritt und stand breitbeinig über seinen Knien. Dann lüpfte sie ihr Kleid. Darunter trug sie nichts außer ihrer kurz geschorenen Scham.

»Erzählen Sie weiter«, flüsterte er.

Sie erzählte ihm von den Anden, von Tälern so weit, dass in einem Einzigen das ganze Sauerland verschwinden würde, von der riesigen Wachspalme, die an den grünen Hängen in die Höhe wächst, vom Flug des Kondors, getragen von den sonnengewärmten Winden, von den Geistern der Ahnen, die nach durchirrter Nacht mit den Nebelschwaden des frühen Morgens davonziehen.

Mit geschlossenen Lidern neigte der Alte seinen Kopf vor, bis er das Geschlecht der Frau berührte. Als er sein Gesicht in den verborgenen Bereich ihrer Schenkel presste, stachen die kurzen Borsten auf seiner Haut.

Er atmete ein und ließ sich davontragen, über schneebedeckte Gipfel und grüne Täler hinweg, hinein in eine Welt, die ihm jedes Mal näher war.

KAPITEL ELF

Als sich die Tür des abgelegenen Hauses öffnete, sank Kahlberg instinktiv tiefer in den Fahrersitz, obwohl er sich nicht zu sorgen brauchte. Er hatte in sicherer Entfernung unter den ausladenden Zweigen einer Ulme geparkt und seit seiner Ankunft das zur Straße hin festungsgleich abweisende Gebäude aufmerksam beobachtet.

Im Rahmen der schweren Haustür, über der ein stattliches Geweih prangte, erschien die Schwarze in Begleitung einer gedrungenen Frau in weißer Schwesternuniform, verabschiedete sich mit einem kurzen Nicken und überquerte die Straße zu ihrem Mini, während die andere ins Haus zurücktrat, die Tür aber erst schloss, als sie sich vergewissert hatte, dass die Schwarze tatsächlich davonfuhr.

Diese wendete und fuhr an der Stelle der Landstraße vorbei, an der Kahlberg in seinem Quattro saß. Der musste sich in seinen Sitz ducken, um den Eindruck eines leer abgestellten Fahrzeuges zu erwecken. Sobald der Mini vorbeigefahren war, ließ er den Motor an, wendete mit ausgeschaltetem Licht und hängte sich rasch als unsichtbarer Schatten hinter die entschwindenden Rücklichter.

Als der Mini hinter der letzten Kurve vor dem Ortseingang verschwand, schaltete Kahlberg das Licht ein und tauchte kurz darauf im Rückspiegel des Kleinwagens als ein Paar unspektakulärer Rechteckscheinwerfer auf.

Sie durchquerten den Ort auf der Landstraße und Kahlberg vermutete bereits, die Frau würde zum Sägewerk zurückfahren, als sie auf den belebten Parkplatz des Burgerrestaurants bog. Er tat es ihr gleich und musste vom Gas gehen, als sie eine Parklücke fand. Wenige Meter weiter stellte auch er seinen Wagen ab.

Die Frau stieg aus und während Kahlberg ihr folgte, reihten sich ein paar Jugendliche zwischen sie und unterhielten sich lachend. Nun war er sich sicher, keine Aufmerksamkeit mehr zu erregen.

Im Inneren des Burgerrestaurants drängten sich die Gäste. Nachtschwärmer hatten sich zu Hamburgern, Pommes frites und Limonade um die Tische geschart, um sich auf dem Weg von der Kneipe in eine der Landdiskotheken zu stärken und zugleich den Alkohol im Blut vor der nächsten Fahrt zu verdünnen. Ganz gewiss würden an diesem Wochenende reichlich Polizeikontrollen stattfinden. Kahlberg stellte sich seine triumphierenden Kollegen beim Promilletest vor.

Er reihte sich nach den Jugendlichen in die Warteschlange am Tresen ein, welche auch die Frau gewählt hatte. Auf einmal verspürte er einen nagenden Hunger und es wurde ihm zum ersten Mal bewusst, dass er seit dem Vormittag nichts mehr gegessen hatte.

Plötzlich wechselten die Jugendlichen zu einer deutlich kürzeren Nachbarschlange und Kahlberg befand sich direkt hinter der Frau. Nur zögernd rückte er zu ihr auf, zu sehr war er darauf bedacht gewesen, unauffällig Abstand zu wahren.

Obwohl sie flache Slipper trug, erreichte sie beinahe seine Größe und ihr anmutig gerundeter Hinterkopf befand sich für Kahlberg direkt auf Augenhöhe. Ihre Ohren waren wohlgeformt, über die ebenmäßige schwarze Haut ihres Nackens zog sich ein dünner Flaum bis hinab zum Kragen einer nun ihren Oberkörper umhüllenden Jacke. Durch den in der Luft hängenden Brat- und Fettgeruch konnte er ihr Parfum riechen. Es war süßlich und schwer wie eine Tropennacht und er meinte, den Duft ihrer Haut dahinter wahrzunehmen. Nichts an der Frau wirkte in irgendeiner Weise so billig oder künstlich, wie er es oftmals bei den Prostituierten im Düsseldorfer Rotlichtviertel bei seinen Ermittlungen empfunden hatte.

Als sie an die Reihe kam, bediente das blonde Mädchen an der Kasse sie mit einem derart aufmerksamen Lächeln, als sei ihr die Frau vertraut.

Das ist die Provinz, erinnerte sich Kahlberg. Wo jeder jeden kannte, zumindest den Teil von jedem, der nach außen getragen wurde.

Sie zahlte, nahm das Tablett und drehte sich um. Für den Bruchteil einer Sekunde trafen sich ihre Blicke. Seine Augen tauchten ohne Widerstand in die Offenheit der ihren und er musste um sein Gleichgewicht ringen. Dann war sie an ihm vorüber und er spürte den fragenden Blick des blonden Mädchens an der Kasse auf sich. Er räusperte sich und bestellte hastig das erstbeste Menü, das er auf der großen, über dem Tresen hängenden Leuchttafel fand.

Als er mit dem Tablett in der Hand zu den Tischen ging, fand er sie alleine sitzend im hinteren Teil des Raumes vor. Beinahe erleichtert stellte er fest, dass in diesem Moment fast alle Plätze außer an ihrem Tisch besetzt waren und ging geradewegs auf sie zu.

»Darf ich mich zu Ihnen setzen?«, fragte er und lächelte verlegen. »Alle anderen Plätze sind belegt.«

Sie sah ihn kurz forschend an, dann erwiderte sie sein Lächeln und sagte mit sanft singendem Akzent: »Bitte, setzen Sie sich.«

»Danke.« Kahlberg nahm Platz, während ihr berauschend ebenmäßiges Gesicht auf ihn gerichtet war. Trotzdem begann er mit authentischem Heißhunger zu essen. »Sie können sich nicht vorstellen, was ich für einen Hunger habe.«

Sie äugte amüsiert über ihren Salat und die frittierte Geflügelmasse hinweg und nippte an dem Strohhalm ihres Bechers.

»Ich meine, Sie können es sich wirklich nicht vorstellen«, beharrte Kahlberg mit vollem Mund.

Ihre Mundwinkel bekamen einen spöttischen Zug und sie sagte: »Glauben Sie tatsächlich, meine Vorstellung ist so beschränkt?«

Kahlberg hielt inne, bevor er in seinen Hamburger biss. »Nichts gegen Ihre Vorstellungskraft, aber mein Tag ist so verrückt gewesen, dass ich es bis jetzt nicht geschafft habe zu essen.«

»Ich bin früher oft mit leerem Magen an so einem Burgerrestaurant vorbeigegangen und konnte es mir nicht leisten, etwas darin zu essen.«

»Wieso das?«

»In Kolumbien ist das normal.«

Kahlberg ließ sich nichts anmerken, aber am liebsten hätte er erwidert: Und jetzt kannst du es dir leisten, María. Stattdessen sagte er: »Kann noch nicht so lange her sein, so jung wie Sie sind.«

Sie lächelte geschmeichelt.

»Und jetzt leben Sie hier in Deutschland?«

»Schon seit über zehn Jahren.«

Kahlberg lag unweigerlich die Frage auf der Zunge, was sie in diesen zehn Jahren gemacht hatte. Aber er wollte sie nicht in Verlegenheit bringen. Noch nicht. Er grinste breit und sagte anerkennend: »Sie scheinen in dieser Zeit die Möglichkeit, endlich ein Burgerrestaurant besuchen zu können, nicht missbraucht zu haben.«

Sie lachte ein offenes und herzliches Lachen. »Man will wohl oft nur das, was man gerade nicht bekommen kann.«

»Und was wollen Sie jetzt gerade?«

Er bemerkte ihr Zögern, sie war sich der Treibsand gleich flachen wie abgründigen Beschaffenheit seiner Frage bewusst und er widmete sich eilig wieder seinem Hamburger.

»Zurück«, sagte sie schließlich. »Ich will zurück in meine Heimat.«

Kahlberg sah von seinem Hamburger auf. »Gefällt es Ihnen hier nicht mehr?«

»Doch, schon«, sagte sie schnell. »Aber wie ich schon erwähnte, man will wohl immer das, was man gerade nicht bekommen kann. Oder nicht hat.«

»Ich verstehe«, antwortete Kahlberg, obwohl ihre Antwort so allgemein klang, dass es nichts zu verstehen gab. Er zweifelte an dem Erfolg einer Konversation über den ewigen Frühling Medellíns und das in der Regel erheblich schlechtere Wetter im Hochsauerlandkreis und fragte stattdessen: »Wissen Sie, was ich jetzt gerne hätte?«

Sie zog am Strohhalm ihres Getränkebechers, als wäre er eine Zigarette und ihre großen Rehaugen musterten ihn. Dann ließen ihre vollen Lippen den Halm los. »Nein.« Sie lächelte auffordernd. »Aber Sie werden es mir bestimmt gleich sagen.«

Kahlberg setzte ein Grinsen auf, breit wie ein Honigkuchenpferd. »Die Sache ist die …«

Plötzlich blickte sie über ihn hinweg und wurde für den Bruchteil einer Sekunde verlegen, bis sich ihre Augen dem erfreuten Lächeln anschlossen, das sich um ihren Mund zu formen begann. »Da bist du ja«, sagte sie.

Kahlberg bemerkte, wie jemand neben ihn trat. Es war Nolte, der abwägend auf die Frau herabsah.

»Alles in Ordnung?«, fragte er sie. Kahlberg schien für ihn Luft zu sein.

Sie nickte. »Ja, es geht mir gut.«

»Kann ich dich einen Augenblick sprechen?« Seine gespannte Haltung ließ erkennen, dass dies keine Frage, sondern eine Aufforderung, wenn nicht gar ein Befehl war, mit ihm unter vier Augen zu reden.

Sie wandte sich an Kahlberg. »Entschuldigen Sie bitte.« Dann nahm sie das Tablett und beugte sich vor, um von dem am Boden verschraubten Stuhl aufzustehen.

Kahlbergs Hand berührte den Rand ihres Tabletts. »Einen Moment noch bitte.«

Sie war genötigt, in der Bewegung innezuhalten, ihr Gesicht ganz nah bei dem seinen.

Jetzt endlich gewann er Noltes Aufmerksamkeit.

Kahlberg hob den Kopf erwiderte seinen Blick, ohne mit der Wimper zu zucken. »Ich habe Sie heute in der Stadt gesehen«, sagte er ruhig. »Mit Ihrem Wagen. Ein netter Schlitten.«

»Danke«, erwiderte Nolte trocken und wandte sich ungeduldig Cervantes zu, die es nicht wagte, das Tablett zu heben, auf dem noch immer Kahlbergs Hand ruhte.

»Zwar ein netter Schlitten, aber er kann nicht viel mehr als Lärm machen mit seinem aufgeblasenen Motor«, fuhr Kahlberg fort. »Ein Showcar, sonst nichts.«

Nolte wandte sich ihm erneut zu und kniff die Augen zusammen. »Und was kümmert Sie das?«

»Eigentlich nichts«, sagte Kahlberg mit übertriebener Unschuldsmiene. »Mich erstaunt nur, dass Sie mit so einer Selbstverarschung leben können.«

»Was wollen Sie damit sagen?«, knurrte Nolte.

»Dass Sie bei einem fairen Vergleich keine Chance gegen mich hätten.«

»Was fahren Sie denn für ein Wunderauto?«, fragte er spöttisch.

»Einen 84er Quattro. Ein Zylinder pro Rad. Da, wo sie hingehören. Nicht wie bei Ihrer arschwackelnden Wuchtbrumme.«

»Ein Zylinder pro Rad?« Nolte neigte spöttisch den Kopf.

»Das Reserverad natürlich mitgerechnet«, fügte Kahlberg trocken hinzu.

Für eine Weile starrte Nolte ihn unbeweglich an. Seine angespannten Kiefermuskeln versetzten seine langen Koteletten in konvulsive Zuckungen, als drohte unter ihnen etwas gänzlich Animalisches durch die Haut zu brechen. »Also gut«, sagte er schließlich. »Heute Nacht Punkt zwei treffen wir uns hier wieder auf dem Parkplatz.«

»Einverstanden«, entgegnete Kahlberg ungerührt. Dann wandte er sich an Cervantes und nahm die Hand vom Tablett. »Danke für Ihre Gesellschaft.«

Sie lächelte ironisch. »Es war mir ein Vergnügen.«

»Darf ich noch erfahren, wie Sie heißen?«, fragte er mit mehr Interesse, als er vorgehabt hatte zu zeigen.

Während sie sich erhob, warf sie ihm erneut einen prüfenden Blick zu. »María«, sagte sie dann.

Fast wäre Kahlberg ein wissendes Grinsen über die Lippen gehuscht. »Ich heiße Björn«, beeilte er sich zu sagen. »Sehe ich Sie ebenfalls?«

»Vielleicht«, erwiderte sie knapp und verließ mit dem Tablett den Tisch.

Nolte war die ganze Zeit vor Kahlberg stehen geblieben und hatte die Vorstellung ungerührt verfolgt. »Überlegen Sie es sich besser noch mal. Die Einsätze werden unsere Wagen sein«, sagte er nun.

»Gut zu wissen«, antwortete Kahlberg und grinste breit. »Sollten Sie nachher kneifen, betrachte ich Ihren Mustang als mein Eigentum.«

Nolte warf ihm einen spöttischen Blick zu, dann drehte er sich um und folgte María.

KAPITEL ZWÖLF

Die Zeit bis zum Rennen verlief zäh, während Kahlberg sich bemühte, sie mit Kaffee und Zigaretten totzuschlagen. Er hatte erwogen, eine Tankstelle aufzusuchen, um Ölstand und Reifendruck seines Quattros zu prüfen, aber er wusste, dass sich sein Wagen in optimalem Zustand befand. Er war es immer.

Nach und nach hatte sich das Burgerrestaurant geleert, bis Kahlberg fast alleine in dem großen, aseptisch hell erleuchteten Raum saß. Nur ein Pärchen stand an der Kasse und wurde von einer Frau mit asiatischen Gesichtszügen bedient. Das blonde Mädchen, bei dem er seine Bestellung einschließlich seines letzten Kaffees aufgegeben hatte, nutzte die aufgekommene Ruhe, um klappernd zwischen Kasse und Küche aufzuräumen. Ihre Bewegungen waren routiniert und gelangweilt, beinahe resigniert, als hätte sie sich dem Schicksal ergeben, das sie an diesen Ort gestellt hatte.

Kahlberg stand auf und ging hinaus. Er lehnte sich an die Mauer neben dem Eingang und zündete sich eine Zigarette an. Die Nacht hatte sich nun deutlich abgekühlt und er war froh, seine Lederjacke auf der Haut zu tragen. Er legte den Kopf in den Nacken und blies den Rauch in den sternenklaren Himmel, auf dem, wie ein grauer Star, der trübe Widerschein des Ortes lag. Dann blickte er auf die Uhr; sie zeigte drei Minuten vor zwei.

Er hörte den Wagen, bevor er ihn sah. Das dumpfe Grollen der acht Zylinder erfüllte die Luft wie ein fernes Gewitter. Dann tauchten die kleinen, weit auseinanderstehenden Scheinwerfer wie die zornglühenden Pupillen eines Pitbulls auf und der Mustang bog auf den Parkplatz. Mit nervös aufheulendem Motor hielt er vor Kahlberg, der zur Fahrertür schlenderte.

Die Scheibe wurde von innen heruntergekurbelt und Noltes Gesicht kam zum Vorschein. »Fahr mir nach«, sagte er knapp.

Er hatte unvermittelt zum »du« gewechselt, unter Rennfahrern schien das »Sie« nicht sehr geläufig.

»Alles klar«, sagte Kahlberg und nahm einen tiefen Zug von seiner Zigarette, bevor er sie fortwarf und zu seinem Quattro ging.

Als er aus dem Stellplatz herausfuhr, glommen die schmalen Rückleuchten des Mustangs bereits in der Ausfahrt. Sobald er sie direkt vor sich hatte, setzten sie sich in Bewegung und er folgte ihnen über die Landstraße.

Nolte fuhr zügig, unterließ es aber, schon jetzt ein Kräftemessen zu provozieren. Das sich unter ihren Reifen durch die dunkle Nacht ziehende Asphaltband der Straßen wurde bei jedem Abbiegen schmaler. Immer weniger Fahrzeuge kamen ihnen entgegen, bis ihnen nur noch die Leitpfosten am Straßenrand Licht entgegenwarfen.

Nach nicht allzu langer Zeit bogen sie in eine Einfahrt und kamen auf einen von der Straße nicht einsehbaren Parkplatz, auf dem mehrere Autos standen, die sich wie eine Retrospektive der jüngeren Automobilkultur lasen. Kahlberg konnte im Licht der Scheinwerfer die gegensätzliche Formensprache eines Opel GT und eines VW GTI der ersten Generation ausmachen, neben diesen neuen Klassikern aber auch einen 2014er Dodge Viper. An den geöffneten Fahrzeugen lehnten Männer und Frauen, tranken Dosenbier und blickten gespannt zu ihnen herüber.

Kahlberg hielt hinter Nolte auf Höhe der geparkten Fahrzeuge. Als er ausstieg, schlugen ihm aus der geöffneten Heckklappe des GTI harte Technobässe entgegen und Abgasgeruch stieg ihm in die Nase. Die als Auto getarnte mobile Diskothek konnte anscheinend nur bei laufendem Motor längere Zeit durchhalten. Abwartend stützte sich Kahlberg auf das Dach seines Wagens und ließ wie beiläufig den Blick umherwandern. María allerdings konnte er nicht entdecken.

Nolte kam auf ihn zu und linste im Gehen auf das Nummernschild des Quattros. »Düsseldorf«, sagte er langgezogen und stellte sich breitbeinig vor Kahlberg. »Und was machst du dort so?«

»Überführungen.«

»Überführungen?« Nolte legte den Kopf ungläubig zur Seite.

»Firmen, internationale Vertretungen. Viel Geld von hier nach da. Letzte Woche hatte ich einen 458er Ferrari Richtung Nizza«, schnarrte Kahlberg mit einem Hauch Arroganz und dachte an den mysteriösen Managermord, an dessen Bearbeitung er in Düsseldorf jüngst beteiligt gewesen war. Nichts von dem, was er sagte, war gelogen.

»Und was will so ein bewegter Düsseldorfer hier?«

»Genau das habe ich vor rauszufinden. Eigentlich wollte ich das Wochenende in Zandvoort verbringen, aber dann zog es mich in die Berge.«

»Bald bist du schlauer.« Nolte machte Kahlberg ein Zeichen, ihm zu folgen und ging zu den anderen. Die Begrüßung war rau, aber herzlich, jeder stellte sich per Handschlag und mit einem Grinsen vor. Schnell kam Nolte zur Sache. »Der Düsseldorfer hier will unbedingt seinen Quattro loswerden«, brüllte er beinahe, um gegen die dröhnende Musik anzukommen. »Er besteht darauf, ein Rennen gegen mich zu fahren, dabei kann er kaum Meer und Berge auseinanderhalten.«

Die anderen lachten und beäugten Kahlberg neugierig.

»Schade, deinen Wagen hätte ich selber gerne gehabt«, rief ihm eine Strohblonde mit spöttischem Grinsen zu.

Kahlberg löste sich von seinem Audi und baute sich entspannt vor der ihn frech angrinsenden Frau auf. »Morgen darfst du mich gerne auf einer Spritztour mit ihm begleiten.«

Die anderen nahmen Kahlbergs Antwort johlend zur Kenntnis. Jemand bot ihm und Nolte Bier an, aber sie lehnten ab.

Nolte wandte sich an Kahlberg. »Sobald die Straße frei ist, starten wir Seite an Seite, wenn der hier das Zeichen gibt.« Er deutete auf jemanden mit übergroßer Basecap, der eine schlanke Brünette im Arm hielt, die Kahlberg herausfordernd anblickte, während sie an ihrer Zigarette zog.

Der Kappenträger nahm grinsend seine Kopfbedeckung ab und schwenkte sie weit ausholend, als wäre sie eine Startflagge.

»Und wo ist das Ziel?«, wollte Kahlberg wissen.

»Knapp zehn Kilometer von hier«, erklärte Nolte. »Nach einer langen Geraden kommt eine kleine Steinbrücke. Wer zuerst drüber ist, hat gewonnen.«

»Ich nehme an, vor der Geraden kommen ein paar Kurven?«

»Jede Menge.«

»Und keine davon kenne ich.«

Nolte sah Kahlberg ungerührt an. »Ich zwinge dich nicht, das hier zu tun.«

Kahlberg zeigte sich unbeeindruckt. »Ich werde die Startseite wählen.«

Nolte blinzelte ihn abschätzig an. »Nach fünfhundert Metern kommt eine scharfe Linkskurve. Wenn du meinst, du legst einen schnellen Start hin und bist zuerst dort, dann wähle die linke Spur.«

»Einverstanden«, erwiderte Kahlberg, obwohl er zweifelte, beim Start der Überlegene zu sein. Aber er hatte keine Wahl und musste aufs Ganze gehen. Wenn er es schaffte, sich von Anfang an vor Nolte zu setzen, konnte er ihn in den Kurven kontrollieren. Wenn nicht, würde er es verdammt schwer haben.

Nolte zog sein Telefon hervor und wählte. »María«, sagte er, als die Verbindung hergestellt war. »In zwei Minuten sind wir so weit, dann kannst du Bescheid geben.«

Kahlberg wurde aufmerksam. Offensichtlich stand María einige Kilometer hinter dem Ziel und achtete darauf, dass zum Zeitpunkt des Rennens kein Gegenverkehr kam.

»Also dann, auf geht's.« Nolte steckte sein Telefon ein, zog ein labberiges Stück bedrucktes Papier hervor und hielt es Kahlberg hin.

»Was ist das?«, fragte der verwundert, während er mitbekam, dass um ihn herum eilig Wetten abgeschlossen wurden. Einige wenige setzten tatsächlich auf ihn, der Wettkurs war wohl zu verführerisch.

»Meine Fahrzeugpapiere«, erklärte Nolte. »Ich gebe dir meine und du mir deine. Damit ist unsere Abmachung besiegelt.«

Kahlberg holte die Papiere seines Quattros hervor. Als er sie Nolte gab, versuchte er die aufkommenden Gefühle von Verlust und Niederlage zu ignorieren. Er musste auf Sieg geeicht bleiben.

Sie stiegen in ihre Wagen und ließen die Motoren an. Das Aufbrüllen des Mustangs übertönte die Technobässe, während der Fünfzylinder des Quattros leise blieb wie eine Schlange vor dem Angriff.

Kurz darauf hob der Träger des Basecaps sein Mobiltelefon ans Ohr, beendete das Gespräch schnell, machte eine auffordernde Geste zu den Fahrern und ging mit wichtig ausholenden Schritten los. Mustang und Quattro folgten ihm auf die Landstraße und blieben nach einem erneuten Handzeichen Seite an Seite stehen.

Sofort stellte sich der Starter in die schmale Lücke zwischen den Fahrzeugen, nahm seine Basecap in eine Hand und hob die Arme wie ein Turmspringer.

Aus den Augenwinkeln konnte Kahlberg Nolte sehen, der konzentriert hinter seinem Lenkrad saß.

Dann ließ der Starter seine Arme mit Nachdruck fallen.

Kahlberg gab Vollgas und ließ die Kupplung kommen. Der Allradantrieb des Quattros brachte die gesamte Leistung direkt auf die Straße, während der Mustang für Momente mit kreischenden Hinterrädern zurückfiel, bevor die Gewalt seines Motors auf den Asphalt fand. Dann begann er, rasend zu beschleunigen und den Abstand zum Quattro zu verkürzen.

Während sich der Mustang ungerührt neben ihn schob, wurde die Straße vor Kahlberg ein immer schmaleres Band und er hoffte verbissen, dass die in gerader Reihe vorbeifliegenden Leitpfosten bald den Beginn der Linkskurve andeuten würden.

Als sich endlich im Fernlicht die Kurve abzeichnete, lag der Mustang bereits vorne. Er zog erst so spät auf die linke Spur, dass aus dem Manöver eine elegant angeschnittene Kurvendurchfahrt wurde und Kahlberg fluchend bremsen musste. Er lag nun ausgerechnet auf dem Terrain, auf dem sein Wagen einen Vorteil hatte, hinter Nolte und würde ihn hier irgendwo überholen müssen.

Die Stoßstange des Quattros berührte den Mustang beinahe, während der mit brüllendem Motor und ausbrechendem Heck durch die Kurven in ein enges Tal raste. Bergab auf der gewundenen Landstraße war der schwere und behäbige Mustang erst recht im Nachteil, aber Nolte wehrte jeden Angriff Kahlbergs geschickt ab.

Als sie sich der Talsohle näherten, wurden die Kurven weiter und von längeren Geraden unterbrochen. Hier fuhr der Quattro wie auf Schienen. Nolte hingegen musste auf der Ideallinie bleiben, um nicht von der Straße abzukommen, und konnte nicht mehr allen Angriffen Kahlbergs etwas entgegensetzen. Plötzlich raste der Qattro neben ihm und ließ sich nicht mehr abschütteln.

Kahlberg musste nun schnellstmöglich die Führung übernehmen. Auf der Zielgeraden, wie schon beim Start, würde er keine Chance haben. Für Ted, dachte er, während er durch den schmalen Tunnel raste, den das Licht seiner Scheinwerfer in die Nacht grub. Der Quattro flog über den Asphalt, Raum und Zeit verschmolzen zu einem einzigen Punkt. Kahlberg fühlte sich wie ein Lichtstrahl, der die Welt mit einem Wimpernschlag durchdrang. Für Ted. Und langsam begann der Audi, sich an die Spitze zu setzen.

Plötzlich bogen aus einem Feldweg zwei Scheinwerfer auf die Straße und begannen sofort, in ein hysterisches Auf- und Abblenden zu verfallen, während sie rasend schnell näher kamen.

Kahlbergs Hände krampften sich ums Lenkrad. Noch immer konnte er auf der einen Seite die Motorhaube des Mustangs sehen, auf der anderen war jenseits der Leitpfosten mit Bäumen gespickte Dunkelheit. Die Lichter vor ihm machten keine Anstalten zu weichen. Im letzten Moment bremste er und reihte sich fluchend hinter Nolte ein, während ein dunkelgrün lackierter Lada Niva auf der Gegenfahrbahn durch sein Blickfeld schoss.

Die Straße verlief nun schnurgerade durch die Talsohle, Nolte beschleunigte und setzte sich weiter von Kahlberg ab, als sie auch schon über die Steinbrücke schossen.

An deren Rand parkte ein Austin Mini, vor dem die schlanke Gestalt Marías stand.

KAPITEL DREIZEHN

»Was zum Teufel hatte der Wagen auf der Straße verloren?«, schrie Kahlberg, während er aus seinem Quattro sprang und zornig auf Nolte zueilte, der sich mit verschränkten Armen an seinen Mustang gelehnt hatte. »Ich hätte gewonnen, wenn er mir nicht in die Quere gekommen wäre!«

»Das waren Jäger«, erklärte Nolte seelenruhig.

»Jäger?«, wiederholte Kahlberg fassungslos.

Nolte hob die Brauen mit übertriebener Mimik eines Oberlehrers. »Wir nennen sie grüne Männchen, weil sie schon mal wie aus dem Nichts auftauchen.«

»Ich nehme an, mit ihrem Erscheinen ist das Rennen annulliert«, knurrte Kahlberg.

»Steht irgendwo, dass sie verboten sind?« Nolte blickte Kahlberg ungerührt an. »Außerdem hättest du nicht Platz machen müssen.«

»So so, ich hätte also einfach draufhalten sollen?«

»Sie wären garantiert ausgewichen.«

»Und wenn nicht?«

»Sie weichen immer aus«, entgegnete Nolte mit langsam aufkeimender Gereiztheit. »Ich habe Freunde durch Regen, Schnee und Reifenplatzer verloren. Nie wegen eines Jägers.«

»Das akzeptiere ich nicht. Ich hätte nicht nur mein Leben, sondern auch das von Unbeteiligten aufs Spiel gesetzt.«

Die beiden Männer starrten sich unversöhnlich an. María trat zu ihnen und hob beschwichtigend ihre Hand. »Du hast recht«, sagte sie an Kahlberg gewandt. »Es war richtig, nicht alles zu riskieren. Aber es hätte jeden von euch treffen können. Wer so ein Rennen fährt, muss einfach mit allem rechnen.« Sie legte besänftigend ihre Hand auf seinen vor Anspannung zitternden Unterarm und lächelte sanft. »Du verdienst Respekt dafür, dass du keine Tragödie herausgefordert hast.«

Kahlberg blickte in ihre großen, warmen Augen. Er genoss es beinahe, von ihr eingewickelt zu werden. In einiger Entfernung hörte er sich nähernde Fahrzeuge und mit diesem Geräusch kam langsam durch das Adrenalin hindurch die Erinnerung zurück, dass er eine Mission hatte. »Also gut«, seufzte er. »Aber ich will eine Revanche.«

»Jederzeit«, antwortete Nolte gelassen und hielt ihm seine Hand hin. »Sobald du dafür einen Wagen hast.«

Du verfluchter Halunke, dachte Kahlberg, während er die eintreffenden Wagen hinter sich bremsen hörte. Er dachte kurz daran, in den Quattro zu springen und wegzurasen, aber dann würde er schlechter an diese Menschen rankommen als der Innenminister persönlich. Schließlich schlug er in die ihm hingehaltene Hand ein. »Die Revanche wird eher kommen, als du denkst.«

Nach dem Handschlag hielt Nolte seinen Arm weiterhin ausgestreckt und drehte den Handteller wortlos nach oben.

Seufzend kramte Kahlberg die Papiere des Mustangs und die Wagenschlüssel des Quattros hervor und legte sie hinein.

Nolte grinste. Seine Zähne blitzten im Scheinwerferlicht der herangefahrenen Autos. »Zeit für ein Bier.« Er machte eine Geste und jemand warf ihm nacheinander zwei Dosen zu. Eine davon reichte er Kahlberg. Sie rissen sie auf, prosteten sich zu und nahmen einen tiefen Schluck. Das Bier rann durch ihre Kehlen, während das Blech einen metallischen Geschmack im Mund hinterließ.

Nolte hob seine Dose und blickte in die Runde. »Auf diesen Teufelsfahrer, der nur verloren hat, weil das Schicksal es so wollte!«

Alle hoben ihr Bier unter Respektbekundungen in Richtung Kahlberg, bevor sie tranken. Auch María.

Plötzlich kramte Nolte sein aufdringlich brummendes Mobiltelefon hervor, blickte prüfend auf das Display und meldete sich gereizt. Nach ein paar Sekunden ungeduldigen Zuhörens sagte er ins Telefon: »Es ist etwas dazwischengekommen, aber ich komme jetzt … ja, jetzt sofort.«

Er legte auf und wandte sich an Kahlberg. »Ich habe noch eine Verabredung und muss jetzt unbedingt los.« Und an María gerichtet: »Kannst du ihn bringen wohin er will?«

»Kein Problem.« Aufmunternd blinzelte sie Kahlberg zu. Sie schien sich tatsächlich darauf zu freuen, mit ihm loszufahren.

Nolte warf die Schlüssel des Audis dem Starter mit dem Basecap zu. »Hier, Kappe, ich will den Wagen nachher bei mir sehen.«

Bevor er in den Mustang stieg, wandte er sich noch einmal zu Kahlberg um. »Wir sehen uns morgen, ich bringe dir die Nummernschilder dahin, wo dich María hinfährt.«

Dann brüllte der Motor auf, der Mustang stob in die Nacht hinaus und verschwand schnell hinter einer Kurve.

Die Versammlung löste sich zügig auf. Während Kahlberg mit María zu ihrem Mini ging, stieg der Starter in den Quattro und fuhr los. Den Motor von außen zu hören, kam Kahlberg so befremdlich vor wie die eigene Stimme auf einer Tonaufzeichnung.

Schnell folgten die anderen Autos eines nach dem anderen Kahlbergs verlorenem Quattro als eilige, in Motorenbrummen gehüllte Schweigeprozession.

Als María den Motor anließ und der Mini sich in Bewegung setzte, war die Straße bereits verlassen und leer.

Außer den notwendigen Angaben zur Adresse seiner Unterkunft hatte Kahlberg während der Fahrt noch kein Wort mit María gewechselt, aber in seinem Hirn rangen die Gedanken an die Niederlage mit der Frage, wohin Nolte wohl um diese Uhrzeit noch gefahren sein mochte.

Schließlich brach María das Schweigen. »Es tut mir wirklich leid, auf welche Weise du verloren hast.« Und fügte eilig hinzu: »Nicht, dass ich mich für Nolte nicht freuen würde.«

Kahlberg lächelte spöttisch zu ihr herüber. »Spar dir deine Mitleidsbekundungen.«

Sie erwiderte flüchtig sein Lächeln, wobei Kahlberg nicht genau wusste, ob es Spott oder Sympathie ausdrücken sollte. Dann wandte sie sich wieder der Straße zu.

Kahlberg betrachtete das harmonische Wellenspiel ihres Profils.

»Wo genau aus Kolumbien kommst du eigentlich her?«, fragte er schließlich.

»Aus Aracataca*«

»Du meinst wohl Macondo«, meinte er verschmitzt.

Sie kicherte wissend. »Er hat mich in seinen Armen gehalten und geküsst.«

»In seinen Armen, und er hat dich geküsst?«

»Ich war zwölf.«

Das Licht der Armaturen fiel auf Kahlbergs fassungsloses Gesicht. María lachte amüsiert. »Gabo hatte meine Schule besucht und mir gratuliert, weil ich Klassenbeste war.«

Nun musste auch Kahlberg lachen.

María wurde plötzlich ernst. »Er meinte zu mir, vor mir läge eine große Zukunft.«

»Und dem war nicht so?«

»Alles ging gut, bis ich nach der Schule studieren wollte.«

Sie ertastete sich eine Zigarette und Kahlberg kam ihrer Absicht, den Anzünder zu betätigen, mit seinem Feuerzeug zuvor.

»Gut, dass du rauchst«, sagte er dann. »Ich war mir nicht sicher, ob es dir hier drin recht wäre.« Er holte seine Zigaretten hervor und steckte sich ebenfalls eine an. Dann fragte er: »Und wo lag das Problem beim Studieren?«

»Dass ich eine Frau war, Schwarze und arm. Ungefähr in dieser Reihenfolge.« Ihr Akzent hatte nun etwas Hartes und Ungelenkes, als zerre die Erinnerung an ihrer Kehle. »Trotzdem habe ich es versucht. Eine Zeit lang zumindest. Aber es kommt der Punkt, wo du nicht mehr kannst oder das Gefühl hast, der Preis, den du zahlen musst, ist zu hoch.«

»Hat man dich schlecht behandelt, dir etwas angetan?«

---

* Geburtsstadt des kolumbianischen Schriftstellers Gabriel García Márquez, welcher auch Gabo genannt wird. Die Stadt taucht in dessen Werk des Öfteren unter dem Namen Macondo auf.

»Man hat mir so ziemlich alles angetan«, sagte sie bitter und presste dann die Lippen aufeinander, als ärgere sie sich über ihre Freimütigkeit.

Sie fuhren ein Stück schweigend durch die Nacht und bogen in eine gut ausgebaute Landstraße. María beschleunigte den Wagen, als hätte sie es plötzlich eilig. In der Ferne blinzelten vereinzelt die ersten Lichter des Ortes und verschwanden wieder hinter einem Berg.

»Und Gabo?«, fragte Kahlberg halb im Scherz, um die Situation zu entspannen.

»Ward nicht mehr gesehen«, antwortete María und als sie Kahlbergs noch immer fragende Miene bemerkte, fügte sie hinzu: »Er war wahrscheinlich einfach nur froh, unserem Geburtsnest entkommen zu sein.«

Kahlberg grinste und nickte. »So habe ich mich mein halbes Leben lang gefühlt.«

»Herzlich willkommen im Club«, lachte María.

Kahlberg hörte, wie erneut in ihrer Stimme eine warme und heitere Gelassenheit mitschwang, und eine Freude durchdrang ihn, so groß, dass es ihn erschrak. Er bemühte sich, sich an den Grund seines Hierseins zu erinnern, nämlich um Gerechtigkeit für den Tod von Ted Jones zu finden, eine Mission, für die er nun bereits seinen Wagen geopfert hatte.

Trotz der Ernsthaftigkeit, die ihn zu umfangen begann oder gerade, um diese zu vertuschen, scherzte er weiter mit María, bis sie die weit vor dem Ortseingang gelegene Pension erreicht hatten und sie den Wagen auf den Parkplatz vor dem Haus lenkte.

Kahlberg holte tief Luft und sagte: »So, jetzt weißt du, wo man mich findet.«

»Wohnst du immer an so traurigen Orten?«, fragte María und äugte skeptisch über das Lenkrad.

Sämtliche Lichter der Pension waren erloschen, und das Haus lag trotz seines gepflegten Fachwerks düster und abweisend in der Nacht.

»Nur außerhalb von Düsseldorf.«

»Was machst du eigentlich da?«

»Dies und das.« Kahlberg wiegte den Kopf. »Es reicht zum Leben.«

María sah ihn lange an. Dann sagte sie: »Du bist jemand, der mehr mit dem Kopf arbeitet als mit den Händen. Trotzdem kennst du die Straße. Wenn ich es nicht besser wüsste, ich würde wetten, du wärst Polizist. Aber keiner von denen hätte so ein Rennen mitgemacht.«

Kahlberg fühlte sich auf einmal nackt und lächerlich, er hoffte, ein glaubhaftes Grinsen zu zeigen, als er sagte: »Wer weiß, auch Bullen suchen schon mal ein Abenteuer.«

Er konnte kaum Marías Blick standhalten, wurde von ihm durchdrungen und stürzte zugleich in diese Augen hinein. Sein Gaumen wurde rau und das Herz pochte ihm bis zum Hals. María hatte die Lippen leicht geöffnet, ein schwacher Schimmer lag auf ihnen. Stillschweigendes Einvernehmen erfüllte das Innere des Wagens. Tu es, schienen die Lippen ihn aufzufordern, ohne ein Wort zu sagen. Tu es hier und jetzt.

Kahlberg räusperte sich und zog sein Telefon hervor. »Ich glaube, es ist besser, wenn wir unsere Nummern austauschen, für den Fall, dass morgen etwas dazwischenkommt.«

María blickte ihn einen Augenblick reglos an. Dann sagte sie eilig: »Ja, natürlich«, und kramte ihr Telefon beflissentlich hervor. Die Magie des vorhergehenden Augenblicks hatte sich spurlos verflüchtigt.

Kahlberg tippte ihren Namen in den Speicher. Als er sie nach ihrem Nachnamen fragte, bestätigte die Antwort nur das, was er bereits wusste. Cervantes.

Sie verabschiedeten sich kurz und knapp und Kahlberg stieg aus dem Wagen.

Als María losfuhr, hob sie noch einmal die Hand zum Gruß und Kahlberg winkte zurück. Dann gab sie Gas und der Wagen wurde rasch kleiner.

Kahlberg sah ihr lange nach. Als die Rücklichter in der Ferne verschwanden, war das Geräusch des Motors längst verklungen. In seiner Hosentasche ertastete er die an einem klobi-

gen Anhänger befestigten Schlüssel, die ihm die Wirtin gegeben hatte, zog sie hervor und ging zur Eingangstür.

KAPITEL VIERZEHN

Trotz des weit vorgerückten Vormittags hatte die Wirtin ihm noch ein Frühstück zubereitet und Kahlberg saß vor frischen, unangetasteten Brötchen und seiner dritten Tasse Kaffee. Er befand sich allein in dem zu dieser Uhrzeit als Speisesaal dienenden Schankraum, genau an dem Tisch, den er gestern mit Wiesenkötter geteilt hatte. Wenn es weitere Pensionsgäste gab, so waren sie längst aufgebrochen, um den Frühsommertag zu erobern, dessen klares Licht durch die hohen Fenster fiel. Die Natur strotzte vor Kraft und das Grün der Bäume leuchtete beinahe unwirklich unter der sich bereits dem Zenit nähernden Sonne. Die Wirtin hatte kurz nach dem Rechten gesehen, das gleiche Lächeln des gestrigen Abends auf dem anmutig geschnittenen Gesicht, und war in der dem Tresen angeschlossenen Küche verschwunden, aus der seitdem gedämpftes Klappern drang. Über den Tisch vor Kahlberg spannte sich eine saubere, karierte Decke, auf der eine frisch gepflückte Blume in einer schlanken Vase stand. Zwei Fliegen führten einen wahnwitzigen Balztanz auf, nur unterbrochen durch gelegentliche Sturzflüge zu einem einsam auf einem der Karrees liegenden Brotkrumen. Kahlberg ließ sie gewähren. Er trank seinen Kaffee aus und in ihm kam das Verlangen nach einer Zigarette auf. Da erst wurde ihm bewusst, wie rein die Luft des Schankraumes roch und er befand, dass dies einer der wenigen Orte sein musste, an dem das Rauchverbot einen Sinn machte. Er stand auf, ging durch den kleinen Vorraum und trat ins Freie.

Dort zündete er sich eine Zigarette an und schloss die Augen. Die Sonne brannte warm auf seine Lider, Insektensummen, Blütenduft und kribbelnde Pollen erfüllten die Luft. Ein Auto fuhr über die Landstraße, sein nahendes und sich wieder entfernendes Brummen durchdrang die helle Weite. Ein perfekter Moment. Für die Dauer einer Zigarette.

Kahlberg spürte bereits die sich an seine Finger heranbrennende Glut und seine Gedanken wanderten unweigerlich in die vergangene Nacht. Doch er wartete, bis der beißende Geruch des schmorenden Filters in seine Nase stieg, bevor er den Stummel fortwarf und die Augen öffnete. Sofort wanderte sein Blick zu den Parkplätzen. Zwei Autos standen dort. Das eine ein heruntergekommener Kombi und das andere ein gesichtsloser Kleinwagen. Sein Quattro war nicht dabei.

Sofort verflog jegliches Wohlbefinden. Leere machte sich ihn ihm breit und schlimmer noch als der Verlust seines Wagens nagte die Niederlage an ihm. Was, wenn der Lada nicht plötzlich aufgetaucht wäre? Oder wenn er es gar mit ihm aufgenommen hätte, wie Nolte es im Nachhinein kaltschnäuzig empfohlen hatte? Er konnte sich hundertmal einreden, all dies sei Teil seiner Mission und die Niederlage ein gewiefter Schachzug gewesen. Es blieb ein Gefühl des Versagens.

Er fluchte und ging zur Straße. Der Asphalt zog sich durch das Tal als graues, scheinbar viel zu breites Band, welches bei seinen Schritten kaum seine Perspektive veränderte. Kahlberg schien es, als träte er auf der Stelle, die Welt um ihn wurde immens und unbezwingbar. Für einen Augenblick spielte er mit dem Gedanken, sich einfach auf die Erde sinken zu lassen, aber selbst dafür fehlte ihm der Wille und so blieb er mit hängenden Schultern am Straßenrand stehen, den Blick in die Ferne gerichtet.

Er hörte ihn schon von Weitem. Das tiefe, unverwechselbare Grollen näherte sich rasch und Kahlberg hatte gerade noch Zeit, eine souverän entspannte Pose einzunehmen, bevor der 68er Mustang Fastback erschien und auf den Parkplatz vor der Pension einbog. Der Kleinwagen glich nun einem kitschigen Kinderspielzeug und der Kombi, der zuvor zumindest mit seiner Größe hatte auftrumpfen können, wurde zum Ebenbild einer verbeulten Werkzeugkiste.

Die Tür des Mustangs öffnete sich und heraus stieg Nolte, zwei Nummernschilder in der Hand.

Die Männer gingen aufeinander zu und blieben wenige Meter voneinander entfernt lauernd stehen. Ein Außenstehender hätte es für eine Westernparodie halten können.

»Hast du hier draußen auf mich gewartet?«, fragte Nolte ohne zu grüßen.

»Nein. Auf den Bus.«

»Wolltest du irgendwohin?«

»Ich wollte wissen, wie sich das anfühlt.«

»Dafür musst du es bei Regen ausprobieren«, sagte Nolte und fügte hinzu: »Aber bis dahin hast du bestimmt schon wieder einen Wagen.«

Er wagte ein paar Schritte in Richtung Kahlberg und hielt ihm die Schilder hin. Der musste sich ebenfalls bewegen, bevor er sie an sich nehmen konnte.

»Ich werde mir Mühe geben«, sagte er mürrisch. Die abmontierten Nummernschilder in seiner Hand halfen nicht gerade, seine Stimmung aufzuhellen.

Nolte zog ein zusammengefaltetes Blatt Papier und einen Kugelschreiber hervor und hielt Kahlberg beides hin. »Unterschreib das noch, damit es keine Missverständnisse gibt.«

»Was ist das?«

»Eine Schenkungsurkunde.«

Kahlberg nahm das Papier und den Kugelschreiber und überflog kurz den Text.

»Mein Wort hätte gereicht, ich bin kein Spielverderber«, sagte er dann und setzte seine Unterschrift darunter.

»Davon gehe ich aus, aber es kommt vor.«

»Und was passiert dann?«

»Ich gebe das Auto zurück.« Nolte setzte ein breites Grinsen auf. »Allerdings nicht in dem Zustand, in dem es vorher war.«

Er bot Kahlberg eine Zigarette an und bediente sich selbst.

Die beiden Männer rauchten und blinzelten in den sonnigen Tag. Kahlberg begann, sich etwas zu entspannen.

»Wie lange willst du noch hierbleiben?«, fragte Nolte.

»Ein paar Tage. Jetzt ist der optimale Moment, um mit Wandern oder Radfahren anzufangen.«

Sie lachten beide.

»Hier gibt es manchmal auch günstige Wagen«, sagte Nolte.

»Ach, hast du zufällig einen jüngst in deinen Besitz übergegangenen Quattro im Angebot?«

»Nein«, sagte Nolte ernst. »Der Audi bleibt bei mir. Eine Zeit lang zumindest. So lange würdest du nicht warten wollen.«

»Trotzdem. Frag mich zuerst.«

Nolte wollte gerade antworten, als er einen Anruf bekam. Er blickte auf das Display seines Mobiltelefons und hob es eilig ans Ohr. Jemand schien heftig auf ihn einzureden, bevor er kurz angebunden und gedämpft zu sprechen begann. »Gut. Morgen … Um vierzehn Uhr? … Nein, früher geht nicht … Es ist noch nicht … Nein …«

Kahlberg bemerkte deutlich Noltes Unbehagen darüber, das Telefonat in seiner Gegenwart führen zu müssen. Sein Gesprächspartner aber schien ihn derart unter Druck zu setzen, dass er gar nicht die Gelegenheit bekam, es auf einen späteren Zeitpunkt zu verschieben.

Schließlich legte Nolte auf und wandte sich mit einer entschuldigenden Geste an Kahlberg. »Ein etwas hysterischer Bekannter.«

»Die soll's geben«, sagte Kahlberg mit verständnisvoller Miene.

Ein Van mit einem gelben Nummernschild hielt auf dem Parkplatz. Drei Kinder sprangen lachend und lärmend heraus und riefen sich gegenseitig etwas auf Holländisch zu. Kurz darauf stiegen ein Mann und eine Frau aus und gingen mit ihnen zum Eingang der Pension. Als sie an Kahlberg und Nolte vorbeikamen, nickten sie ihnen freundlich zu. Ganz schön entspannt, dachte Kahlberg, wenn man die drei Wirbelwinde in Betracht zog.

Nolte schnippte seine Zigarette fort. »Ich muss los. Soll ich mich melden, wenn ich glaube, einen geeigneten Wagen für dich gefunden zu haben?«

»Schaden kann's nicht.«

»Also dann«, er gab Kahlberg die Hand. »Wir sehen uns.«

»Klar.« Und zwar eher, als du denkst, dachte Kahlberg. Dann sah er zu, wie Nolte in seinen Mustang stieg und mit grollendem Motor davonfuhr.

KAPITEL FÜNFZEHN

Es war der gleiche Tisch wie beim Frühstück, nur fehlte nun die karierte Tischdecke und vor Kahlberg stand ein zur Hälfte geleertes Glas. Ihm gegenüber saß Wiesenkötter, der ein anderes Tempo vorlegte und bereits sein zweites Bier geleert hatte. Er drehte sich zum Tresen um und winkte mit dem leeren Glas, bis die Wirtin von der Zapfanlage aufblickte und ihm durch das Spalier der Gäste hindurch zunickte. Zufrieden wandte er sich wieder Kahlberg zu.

»Aah«, seufzte er. »Das schmeckt ja heute mal wieder.« In seinem runden Gesicht formte sich ein breites Lächeln.

Kahlbergs Miene blieb ernst. »Ich habe Sie gebeten herzukommen, weil ich Ihre Hilfe brauche.«

Abgesehen davon, dass er an diesem Samstag Wiesenkötters freie Zeit in Anspruch nahm, fühlte er sich mittlerweile bekannt wie ein bunter Hund und mied selbst in Gedanken die für seine Tarnung verräterische Polizeiwache.

Wiesenkötter machte ein gekränktes Gesicht. »Und ich dachte, Sie benötigten etwas Gesellschaft.«

»Es geht um Nolte.«

»Glauben Sie immer noch, dieser Freizeitrennfahrer hätte was mit dem Mord zu tun?«

»Der Freizeitrennfahrer hat letzte Nacht bei einem Rennen meinen Wagen gewonnen.«

Der Polizeihauptkommissar spitzte die Lippen und ließ ein kurzes Pfeifen vernehmen. »Mein lieber Scholli. Und jetzt?«

»Brauche ich einen Wagen, um ihn verfolgen zu können«, sagte Kahlberg so ungerührt, als hätte er Wiesenkötter mitgeteilt, dass es gerade zu regnen begonnen habe. »Einen zivilen. Und dazu eine Dienstwaffe.«

»Doch nicht etwa, um eine Rechnung zu begleichen?«, ulkte Wiesenkötter.

Nur um Haaresbreite sparte er sich sein schrilles Kichern, als Kahlberg ihn drohend anfunkelte, und setzte eilig ein nachdenkliches Gesicht auf. »Zivilstreife haben wir hier gar nicht. Aber das lässt sich organisieren. Die Waffe selbstverständlich auch. Wann brauchen Sie den Wagen denn?«

»Morgen früh.«

»Ich werde sehen, was sich machen lässt.«

Die Wirtin kam mit einem frischen Bier, stellte es lächelnd vor Wiesenkötter und fragte, an Kahlberg gewandt: »Wollen Sie auch noch eins?«

»Nein danke, mir ist heute nicht sonderlich nach Alkohol.«

»Alles in Ordnung?«, fragte sie besorgt.

»Mach dir keine Sorgen, Birte, er ist nur zu langsam gefahren, dafür gibt's von mir keinen Strafzettel«, gluckste Wiesenkötter.

Kahlberg hätte Wiesenkötter gerne das Bierglas bis zum Anschlag ins Lästermaul geschoben. Doch er lächelte die Wirtin an und sagte: »So ist es. Und bringen Sie mir doch noch eins, damit die gute Stimmung erhalten bleibt.«

»So ist es richtig, bloß kein Stress«, sagte die Wirtin, schenkte ihm ein besonders hübsches Lächeln und ging zurück zum Tresen.

»Bloß kein Stress«, sagte nun auch Wiesenkötter und nahm einen tiefen Zug aus dem frischen Glas.

»Passen Sie aber nachher mit dem Fahren auf«, sagte Kahlberg, ob des Überschwangs seines Gegenübers etwas besorgt.

»Wieso denn? Etwa wegen einer Polizeikontrolle?« Nun konnte Wiesenkötter sein hohes, schrilles Kichern nicht mehr zurückhalten.

Kahlberg zeigte nur ein leichtes Grinsen. »Machen Sie mich bloß nicht zum Mitwisser, sonst verstoße ich gegen meinen Amtseid.«

»Finde ich richtig nett, dass Sie das für mich tun würden«, stellte Wiesenkötter fest und nahm einen weiteren Schluck.

Kahlberg wurde todernst. »Es ist wichtig, den Wagen morgen zu bekommen. Und die Dienstwaffe. Irgendetwas läuft da und es ist nicht hier im Ort.«

»Ich sagte doch, ich werde tun, was ich kann.«

»Ich brauche eine hundertprozentige Zusage.«

»Aber morgen ist Sonntag und die Kollegen sind fertig von dem ganzen Unfug, den die Besoffenen am Wochenende anstellen.«

»Ich kann auch einen Wagen in Düsseldorf anfordern, der ist, wenn es sein muss, auch schon um Mitternacht hier«, sagte Kahlberg, zog sein Mobiltelefon hervor und hielt es Wiesenkötter drohend unter die Nase. »Aber wie stehen Sie dann da?«

Der Polizeihauptkommissar glotzte ihn dümmlich an, als wäre ihm gerade gänzlich unerwartet die Freundschaft gekündigt worden. »Also gut«, sagte er dann. »Aber wenn sich jemand beschwert, werde ich dem mitteilen, wer mich dazu genötigt hat.« Er trank sein Bier mit einem Zug aus und stand auf. »Ich denke, es ist besser, ich fange sofort an, das zu regeln.«

»Nun kommen Sie, für ein Bier werden Sie doch noch Zeit haben«, sagte Kahlberg und zwang sich zu einem Lächeln.

»Tut mir leid, aber ich weiß, wann für mich die Pflicht ruft.« Wiesenkötter holte sein Portemonnaie hervor und zog einen Schein heraus.

»Lassen Sie das«, beeilte sich Kahlberg. »Sie sind mein Gast.«

Wiesenkötter zögerte. Dann nickte er und schob den Schein tatsächlich zurück in seine Geldbörse. »Danke, sehr nett von Ihnen.«

»Möchten Sie nicht doch noch ein letztes Bierchen mittrinken?«

Der Hauptkommissar seufzte. »Nehmen Sie es mir nicht übel, aber ich glaube, Sie hatten Recht damit, was das Fahren unter Alkohol betrifft. Es ist besser, ich breche jetzt auf.«

Er machte Anstalten zu gehen, doch wandte er sich noch einmal zu Kahlberg um. »Was ich Ihnen die ganze Zeit sagen wollte ...« Er sah ihn unverwandt an. »Die Beerdigung von Ted Jones findet am Donnerstag statt.«

Kahlberg durchfuhr eine Mattigkeit, als hätte er Teds Grab eigenhändig ausgehoben. Es gab natürlich schon lange keinen Grund mehr, die Leiche aufzubewahren. Art und Größe des Messers, das Ted Jones' Hals durchschnitten hatte, waren schon bei der Autopsie am Tag des Mordes festgestellt worden. Gewiss läge morgen bei ihm in Düsseldorf ein Trauerbrief von Teds Lebensgefährtin im Briefkasten, denn sie wusste nicht, dass er sich ganz in ihrer Nähe aufhielt. Seine Emittlungen hier unterlagen selbstverständlich auch ihr gegenüber der polizeilichen Diskretion.

Er stand auf und blickte Wiesenkötter betreten an. »Das habe ich nicht gewusst.«

»Schon gut«, sagte dieser knapp und gab ihm zum Abschied die Hand, bevor er sich zum Gehen wandte.

Kahlberg blickte ihm nach, wie er geradewegs die Kneipe verließ, ohne auch nur der Wirtin zu winken, und hoffte aufrichtig, dass die Empfindsamkeit seines Kollegen nicht zu sehr überstrapaziert worden war.

Er hatte sich gerade wieder gesetzt, als die Wirtin das Bier vor ihn hinstellte. »Wo ist denn der Herr Hauptkommissar auf einmal hin?«, fragte sie erstaunt.

Er zuckte mit den Achseln. »Musste wohl noch arbeiten.«

»Was für ein fleißiger Mann«, sagte sie. »Sind Sie eigentlich Kollegen?«

»So was in der Art.«

»Ich wollte nicht indiskret sein«, entschuldigte sie sich.

»Sind Sie nicht.« Kahlberg lächelte sie an. »Darf ich Sie Birte nennen?«

»Aber gerne.« Sie strahlte wie eine Frühlingssonne. »Und welchen Namen schreibe ich auf Ihren Deckel?«

»Björn.«

Das Bier hatte doch noch zu schmecken begonnen und Kahlberg hatte Glas um Glas mit zügiger Bedächtigkeit getrunken. Dabei waren seine Gedanken oft und gegen seinen Willen zur vorherigen Nacht und von dort immer öfter zu María geschweift, wobei er sich stets eingeredet hatte, er dächte über die Lösung des Falls nach. Nun merkte er zu seinem Erstaunen, dass die letzten Gäste sich verabschiedeten, und sah auf die Uhr. Sie zeigte weit nach Mitternacht.

»Birte, machen Sie mir noch ein Letztes?«, fragte er die Wirtin, als sie allein im Schankraum waren.

»Aber natürlich«, sagte sie ohne zu zögern.

Wenig später stellte sie das Bier vor ihn.

»Haben Sie sonst noch einen Wunsch, Björn?«

Sie machte keine Anstalten fortzugehen und schob verspielt eine Strähne hinter das Ohr. Ihren Oberkörper mit den großen, festen Brüsten wiegte sie kaum merklich; so, als lausche sie einer inneren Melodie.

»Hat man den nicht immer?«, antwortete Kahlberg etwas linkisch, unsicher, ob er die empfangenen Signale richtig interpretierte.

Sie lächelte warm und mit einer Intensität, die er auf seiner Haut zu spüren vermeinte. »Die Antwort kennen nur Sie.«

Eine Antwort ging Kahlberg durch den Kopf, doch sie beinhaltete einen anderen Namen als Birte. »Ich glaube, ich werde erst mal über alles schlafen müssen«, seufzte er und trank mit einem Zug sein Bier aus.

»Tun Sie das«, sagte sie, ohne auch nur den Hauch einer Enttäuschung.

Sie forderte nichts von ihm. Wohl gerade deshalb verspürte Kahlberg das beinahe unwiderstehliche Bedürfnis, seinen Kopf an ihre Brüste zu legen und wie auf einem gemütlichen Kissen einzuschlafen. Doch er stand leicht schwankend auf. »Ich wünsche Ihnen eine gute Nacht, Birte.«

»Schlafen Sie gut, Björn.«

Sie standen sich einen Moment schweigend gegenüber und Kahlberg fühlte sich in die gestrige Nacht mit María zurückversetzt, in den Moment, als alles möglich schien. Dann nickte er Birte lächelnd zu, schwankte durch den Schankraum und stieg etwas unsicher die Treppe zu seinem Zimmer hinauf.

KAPITEL SECHZEHN

Ausgerechnet als er den ersten Schluck vom endlich abgekühlten Kaffee nehmen wollte, bog der schwarze Mustang auf die Landstraße.

Kahlberg fluchte, stellte den Pappbecher in den Halter der Mittelkonsole, warf das belegte Ciabatta auf den Beifahrersitz, ließ eilig den Motor an und gab Gas. Die Vorderräder des Nissan Almera drehten auf dem Schotter des Seitenstreifens durch, bis sie in den Asphalt der Straße griffen, an Traktion gewannen und den Wagen talwärts beschleunigten, während der Kaffee über die Mittelkonsole schwappte.

Am frühen Morgen hatte die Wirtin an Kahlbergs Zimmer geklopft, welcher schlaftrunken geöffnet und bei ihrem Anblick gelächelt hatte, eine Gesichtshälfte mit Rasierschaum bedeckt. Sie hatte sein Lächeln erwidert und ihm mitgeteilt, jemand warte unten auf ihn.

Kahlberg hatte sich trotz eines leichten Katers gut gelaunt zu Ende rasiert in dem Bewusstsein, dass Wiesenkötter funktioniert hatte, und war in den Schankraum hinabgestiegen, in dem ihn ein hochgewachsener junger Beamter erwartet und mit in die Dienststelle der nächstgrößeren Stadt genommen hatte, wo er nach endlosen Formalitäten eine Walther P99 und einen nicht mehr ganz neuen silbergrauen Nissan Almera ausgehändigt bekommen hatte. All dies auf leeren Magen und bei dünnem Automatenkaffee.

Der Nissan hatte sich zum Glück als besseres Auto erwiesen als zuvor angenommen, obwohl Kahlberg sich fremd und unwohl in ihm fühlte. Aber das Allerweltsfahrzeug konnte seiner Tarnung nur nützlich sein, versuchte er sich von seinen Vorzügen zu überzeugen.

Dann hatte er, nach einem eiligen Stopp an der Imbissbar einer Tankstelle, den Weg vorbei am stillgelegten Sägewerk gewählt und den Mustang davor parken sehen. Er war weiter in Richtung des Wintersportortes gefahren, bis er eine Möglichkeit zum Wenden gefunden und den Wagen bis zum Erscheinen des Mustangs in eine diskrete Lauerstellung gebracht hatte.

Nun folgte Kahlberg ihm in sicherer Distanz, wodurch er gelegentlich hinter den Biegungen der Landstraße verschwand.

Vorsichtig tastete er sich etwas näher heran, immer darauf bedacht, keine Aufmerksamkeit zu erregen, und blieb schließlich in unauffälligem Abstand hinter ihm.

Zum zweiten Mal an diesem Tag ging es für Kahlberg über die gut ausgebaute Landstraße, vorbei an Dörfern, die in der Sonne im makellosen Schwarzweiß ihres Fachwerks strahlten, während ihre roten und rosafarbenen Geranien auf den Fenstersimsen flüchtige Kontraste bildeten zum allgegenwärtig leuchtenden Frühsommergrün des Tals. Eine Welt wie gemalt und doch, in der Flüchtigkeit der zügigen Fahrt, ungreifbar wie ein Traum.

Die Landstraße mündete schließlich in eine noch breitere Bundesstraße. Häuser, Läden und Gewerbe säumten sie wie wahllos an ihren Rand gestellt. Ein überdehntes, nicht enden wollendes Zentrum einer Kleinstadt. Das geweitete Tal wurde von Schienensträngen und dem zum quirligen Fluss gewordenen Bach durchzogen.

Kahlberg las zum ersten Mal den Namen Himmels auf einem der Verkehrsschilder und ahnte, dass diese Fahrt ihn seinem ursprünglichen Ziel nahe bringen würde.

Nach ein paar Kilometern bog der Mustang auf eine kurze Zufahrtsstraße, die über eine Talbrücke in den Beginn einer Autobahn mündete.

Als der Mustang direkt auf die linke Spur zog und seine Urgewalt entfaltete, hatte Kahlberg Mühe, ihm zu folgen. Fast entschwand der Wagen aus seiner Sicht, doch nach zähem Ringen mit dem Gaspedal des Nissans konnte er dem Mustang folgen, gleich einer Schmeißfliege dem galoppierenden Pferd.

Die kaum befahrene Autobahn wand sich durch das Mittelgebirge, mal durch tief in die Berge geschnittene Kerben, mal durch Tunnel und über die Täler gespannte Brücken. Oft zogen die Kurven derart eng ihre Bahnen, dass Kahlberg deutlich die Fliehkraft sowie das zu weiche Fahrwerk des Nissan spüren konnte und der Eindruck rasender Geschwindigkeit sich noch steigerte.

Schließlich ging es an der ersten Abfahrt mit dem Namen Himmel vorüber, bald auch an der zweiten und Kahlberg nahm schon an, sein rasender Ritt auf laschen Stoßdämpfern würde mindestens bis an den Rand des Ruhrgebietes dauern, als der Mustang seine Fahrt verlangsamte und über die dritte Abfahrt Kurs auf Himmel nahm.

Der Zubringer führte sie erneut auf eine zusammenhangslos von Gebäuden gesäumte Straße, nur industrieller diesmal. Schienenzahl und Fluss waren gewachsen, die eng beisammenstehenden Gebäude gestatteten nur gelegentlich die Sicht auf dahinter liegende Fabrikhallen.

Nach ein paar hundert Metern erschien eine lange, abweisende Fassade, durchzogen von einem orangefarbenen Neonsaum. Der Mustang bremste und bog in eine Einfahrt.

Im Vorbeifahren beobachtete Kahlberg, dass der Wagen langsam auf einen hinter dem Gebäude liegenden Parkplatz rollte.

Als er den Nissan außer Sicht bewegt hatte, wendete er und fuhr erneut an dem Gebäude vorbei. Es handelte sich um eine große Automatenhalle, die vorgab, ein Kasino zu sein. Davor befand sich ein fast leerer Parkplatz. Kahlberg bog darauf ein und stellte den Motor ab. Dann kramte er die Broschüre hervor, die er in Teds Land Rover gefunden hatte. Sie bewarb die Spielhalle, die vor ihm lag. Er stieg aus und ging auf eine weit geöffnete Tür zu, aus der ein Teppich ragte wie ein feuerroter Fliegenfänger.

Im Inneren erwartete ihn lächelnd eine Empfangsdame hinter einem weiten Tresen. Als er flüchtig nickend an ihr vorbeiging, ließ sie ihn gewähren. Es roch nach Aromaspray und Kunstfaserteppich, in dem seine Schuhe lautlos versanken.

Im ersten der nach Themen unterteilten Räume fiel sein flüchtiger Blick im Vorübergehen auf eine Weltraumkulisse.

Jemand saß in der Pose des Raumschiffkapitäns einer alten Fernsehserie in einem bequemen Kommandosessel und verballerte sein hart verdientes Geld.

Das Thema des nächsten Raums schien Kahlberg treffend gewählt. »Underworld« stand über dem Eingang. Er trat ein, doch der Name hielt nicht, was er sich davon versprochen hatte. Ein paar umgefallene Säulen aus Pappmaché und swimmingpoolblaue Wände mit einer draufgemalten versunkenen Stadt sollten wohl Atlantis darstellen. Underworld, die Welt unter dem Meeresspiegel. Eine Vielzahl blinkender Bildschirme störte die menschenleere Ruhe des untergegangenen Ortes. Kein Fenster öffnete sich zum Hier und Jetzt, geschweige denn zum Parkplatz hinter dem Kasino.

Kahlberg trat wieder in den Vorraum.

Die Frau am Empfangstresen sah ihn noch immer freundlich an, aber mit einer Spur Misstrauen.

Er zog seine Zigaretten hervor und wedelte mit ihnen fragend zu ihr hinüber.

Die Frau lächelte verständnisvoll und deutete auf einen Gang.

Kahlberg nickte ihr dankend zu und betrat ihn. An seinem Ende schimmerte Tageslicht. Als er die dort befindliche Glastür erreichte, konnte er durch sie hindurch nur wenige Meter entfernt Nolte sehen, der hinter seinem Wagen bei einer Gruppe junger Männer stand. Alle trugen kurze Windjacken, modisch geschnittene Jeans und halbhohe Schnürschuhe. Ihre Kleidung war mindestens dreimal so teuer, wie sie aussah, aber die Goldketten, die um ihre Hälse hingen, waren wahrscheinlich nicht echt.

Während alle sich angeregt unterhielten, öffnete Nolte die Kofferraumklappe des Mustangs, holte eine Sporttasche heraus und stellte sie vor sich ab.

Die Unterhaltung ging weiter. Jemand, der eine erstaunliche Ähnlichkeit mit dem jungen Robert De Niro aufwies, schien der Wortführer zu sein. Zigaretten wurden herumgereicht und Kahlberg verspürte den Drang, vor die Tür zu treten und sich selber eine anzuzünden. Er biss sich nervös auf die Zunge. Von draußen schollen gedämpft die Stimmen der Männer zu ihm herein und mischten sich mit dem elektronischen Gemurmel der Automaten.

Plötzlich lachte die Gruppe schallend und halbstark auf, und alle verabschiedeten sich von Nolte. Im allgemeinen Hin und Her der Hände hätte Kahlberg beinahe das Bündel Geldscheine übersehen, das dabei den Besitzer wechselte und unauffällig in Noltes Hosentasche verschwand.

Die Gruppe setzte sich in Bewegung, einer der Männer hob die Sporttasche auf und trug sie mit sich fort.

Während Nolte in seinen Wagen stieg, steuerte die Gruppe geradewegs auf den Hintereingang zu und Kahlberg zog sich schnell ins Innere des Automatenkasinos zurück.

Als wäre es ihm schon zur Gewohnheit geworden, ging er knapp grüßend an der Frau am Empfangstresen vorbei und betrat »Asien«. Das Alleinstellungsmerkmal dieses Raumes sollte wohl die echte Bambuspflanze sein, die in einer Ecke im Kunstlicht ums Überleben kämpfte.

Kahlberg kramte eine Münze hervor und warf sie in einen der Automaten, der die Gabe mit einer elektronischen Fanfare quittierte. Die Frau am Empfangstresen sollte nun beruhigt sein.

Er warf noch ein paar Münzen nach und ließ das Spiel unbeteiligt ablaufen, ohne einen Cent zu gewinnen. Dann nahm er den Weg zu seinem Wagen. Nolte dürfte nun über alle Berge sein, aber er sollte sich nicht allzu lange in Sicherheit wiegen.

Im Hinausgehen sah Kahlberg die Gruppe junger Männer durch den Empfangsraum schlendern. Die von Nolte überreichte Sporttasche trug der junge Robert De Niro. Ihre Blicke trafen sich. Die Augen des Mannes waren härter und gefährlicher, als Kahlberg erwartet hatte. Nun wusste er, dass die Goldketten echt waren.

Für einen Augenblick erwog er, sich die Gruppe vorzuknöpfen, aber verwarf die Überlegung rasch. Er brauchte kein Rudel Piranhas. Er wollte den ganz dicken Fisch.

KAPITEL SIEBZEHN

Kahlberg überquerte die kleine Brücke zu Fuß. Den Nissan hatte er wie zuvor den Quattro, auf dem schlammigen Seitenstreifen der Landstraße geparkt. Seit Stunden stand der Mustang vor der großen baufälligen Halle aus rotem Ziegel und Nolte hatte sich nicht sehen lassen. Kahlberg erreichte das Gebäude und zündete sich im Schutz der Wand eine Zigarette an. Eine milde Nacht hatte sich über das Land gelegt. Am Horizont zeichnete sich der orangefarbene Widerschein des Ortes ab und Sterne formten am Firmament ein Zeichen, an dessen Namen Kahlberg sich nicht mehr zu erinnern vermochte. Die wenige Meter von ihm entfernte stählerne Eingangstür war verschlossen. Sie würde sich nur öffnen, wenn er zuvor klopfte, oder Gewalt gebrauchte. Und in beiden Fällen wäre Nolte vorgewarnt und das Geheimnis, das sich hinter dieser Tür befand, womöglich verloren.

Das tiefe Brummen, welches Kahlberg bereits aufgefallen war, als er Nolte hierher folgte, drang aus dem Gemäuer und übertrug die Schwingung auf seinen Körper. Kahlberg entspannte sich. Die Vibration schien die Wirkung des Nikotins zu steigern. Der Geruch feuchter Erde beschwor, wie so oft, auch diesmal Eindrücke aus seiner Kindheit herauf. Spätere Erinnerungen waren geprägt durch den Gestank von Abgasen und Motorenöl und, danach, durch den Mief der Amtsstuben. An der Natur hatte es jedenfalls nicht gelegen, warum er so früh wie möglich aus dieser Gegend fortgegangen war. Was hatte María wohl empfunden, als sie ihre Heimat verlassen hatte? Gewiss auch ein Gefühl von Verlust, selbst wenn Hass, Frustration und Erleichterung überwogen haben mochten.

Zu schnell hatte die Glut den Filter erreicht. Er schnippte die Zigarette fort und bei ihrem Aufprall rebellierten Funken kurz gegen die Nacht.

Kahlberg löste sich von der Mauer und begann, um die Halle zu streifen. In der Dunkelheit konnte er vereinzelt Details ausmachen. Leere Fässer, Berge von Sägespänen, Holzreste.

Zwischen verrosteten Fässern und der Hallenwand fand er einen Draht. Er nahm ihn, ging zum Mustang zurück, bog ein Ende zu einem Haken und schob ihn zwischen Rahmen und Scheibe. Die Spaltmaße des Klassikers machten ein Kinderspiel daraus. Der Haken fand die Zugstange des Türöffners, ein leichter Ruck und die Wagentür entriegelte sich mit einem satten Klacken.

Kahlberg beugte sich ins Wageninnere. Zweifellos handelte es sich um Noltes zweites Wohnzimmer. Zwischen zerknüllten Getränkedosen lag eine leere Zigarettenschachtel auf dem Boden des Beifahrersitzes. Er hob sie auf und befestigte ein Ende des Drahtes an einer der gelochten Speichen des Lenkrades. In dessen Mitte befand sich die Hupe, die bei einem 68er Mustang auch bei gezogenem Zündschlüssel funktionieren sollte. Er hielt die Zigarettenschachtel über den Hupknopf und zurrte sie fest, indem er den Draht um eine weitere Lenkradspeiche schlang. Sofort dröhnte die Hupe los. Kahlberg trat zurück, schloss den Wagen, stellte sich in den Schatten neben der Hallentür und zog seine Waffe. Er musste nicht lange warten, bis Nolte herausgeeilt kam und sich besorgt seinem Wagen näherte. Mit einem Schritt stand Kahlberg hinter ihm und drückte ihm die Pistole in den Rücken. »Zu dumm, dass wir den Verstand verlieren, wenn es um unsere Autos geht.«

Nolte blieb wie versteinert stehen. »Du willst unsere Abmachung rückgängig machen?«, fragte er gefasst. Anscheinend hatte er Kahlbergs Stimme sofort erkannt.

»Nein. Mein Wort halte ich«, knurrte Kahlberg und schob Nolte mit dem Lauf seiner Pistole vor sich her. »Wir gehen jetzt erst mal da rein.«

Nur zögernd gehorchte Nolte und Kahlberg spürte, dass ihn im Inneren der Halle eine Überraschung erwarten würde.

Sie betraten einen Vorraum, dem Sitzecke, Kühlschrank, Kaffeemaschine und ein alter Fernseher karge Wohnlichkeit verliehen. Aus einer abgewrackten Musikanlage dröhnte Metallica gegen die geringe Wattzahl an.

Trust I seek and I find in you
Every day for us something new
Open mind for a different view
And nothing else matters

Kahlberg blickte sich weiter um. In der gegenüberliegenden Wand befand sich eine weitere Tür.

»Was ist dahinter?«, fragte er.

»Was soll sich schon in einem alten Sägewerk befinden?«, gab Nolte ausweichend zur Antwort.

»Das werden wir jetzt rausfinden.« Kahlberg schob Nolte zur Tür, der sie unwillig öffnete.

Sie betraten einen dunklen Raum und das Brummen wurde lauter. Kahlberg spürte unter seinen Füßen einen Rost vibrieren, aus der Dunkelheit darunter drang das Rauschen von Wasser.

»Wo sind wir hier?«, wollte er wissen, während er versuchte, etwas zu erkennen. Vor ihm leuchteten schwach die Lichter einiger Armaturen.

»Das war der Turbinenraum«, erklärte Nolte ungehalten.

»Das war?« Kahlberg überflog die Instrumente. »Und warum wird dann Spannung angezeigt?«

Als er sich nach und nach an die Dunkelheit gewöhnte, nahm er am Ende des Raumes einen schwachen Schimmer wahr. Er schob Nolte dorthin und fand erneut eine Tür. Unter ihrer Schwelle schien Licht hervor.

»Aufmachen«, befahl er.

Nolte stieß einen leisen Fluch aus und öffnete die Tür.

Gleißendes Licht schlug ihnen entgegen, begleitet von einem schweren, harzigen Geruch.

»Sieh mal einer an«, schnalzte Kahlberg, als er sich an die Helligkeit gewöhnt hatte. Vor ihm breitete sich eine veritable

Marihuanaplantage aus. Lange, dicht bepflanzte Beete zogen sich eng aneinandergereiht unter starken UV-Strahlern durch eine Halle. Der mickerige Bach, der sich als die Ruhr entpuppt hatte, führte immerhin bereits genug Wasser, um den Einsatz von Kunstlicht auch ohne verdächtig hohe Stromrechnung zu ermöglichen. »Hier verdienst du dir also dein Benzingeld.«

»Für viel mehr reicht es auch nicht.«

»Du schenkst es den Jungs im Kasino doch nicht etwa?«

Nolte drehte sich um und funkelte Kahlberg zornig an. »Du bist mir heute gefolgt, du elender Mistkerl.«

»Das ist mein Job.« Kahlberg zog seinen Polizeiausweis hervor und hielt ihn Nolte vors Gesicht. »Und jetzt erzählst du mir, warum Ted Jones im Sterben mit seinem Blut »MA« wie Marihuana geschrieben hat.«

Nolte blinzelte ungläubig. »Du denkst, dass ich was damit zu tun habe?«

»Wer war der Mann, der Ted ermordet hat?«

»Ich habe ihn nie gesehen, das habe ich doch schon deinem Kollegen erzählt«, stöhnte Nolte und fuhr zornig fort: »Zum Teufel, wenn ich ihn hätte umbringen wollen, hätte ich es mit meinen eigenen Händen tun müssen. Oder glaubst du, das hier wirft genug ab, um sich einen Killer leisten zu können?«

Kahlberg überflog die Plantage erneut und kalkulierte den möglichen Gewinn. Heraus kam eine Zahl, groß genug, dass einige dafür morden würden, aber der Typ Mensch, der ihm dabei in den Sinn kam, war eher arm und verzweifelt. Gewiss kein kalt kalkulierender Drogenboss mit käuflichen Mördern im Adressbuch. »Dann erklär mir jetzt besser genau, warum du Ted Jones gekannt hast.«

»Er hatte mich, genau wie du, beim Kasino beobachtet und ist mir hier hinauf gefolgt. Aber er hat schnell gemerkt, dass ich die falsche Fährte war.«

Kahlberg dachte an die Broschüre des Kasinos aus Teds Land Rover, von deren Existenz Nolte nichts wissen konnte. Bisher schien er also die Wahrheit zu sagen. »Auf welcher Spur war Ted denn beim Kasino?«

»Menschenhändler.«

»Und die wollte er dabei erwischen, wie sie ihre Gewinne bei dir in Drogen umsetzen?«, fragte Kahlberg ungläubig.

»Er hatte es nicht auf mich abgesehen, das sagte ich doch.« Nolte zuckte mit den Schultern. »Womöglich ist das ganze Kasino eine Geldwaschanlage, oder vielleicht haben meine Kunden noch andere Geschäfte am Laufen, von denen ich nichts weiß.«

»Und warum wollte mich Ted Jones dann in diesem Nest hier treffen und nicht vor dem Kasino?« Kahlberg beugte sich drohend zu Nolte, in seinen Augen blitzte das UV-Licht. »Hier oben ist er auf etwas gestoßen und ich glaube, du weißt, was es ist.«

Nolte hielt Kahlbergs Blick stand, ohne mit der Wimper zu zucken und sagte: »Frag María.«

Kahlberg blieb ungerührt. »Was soll María wissen, das du nicht weißt? Schließlich bist du doch ihr Boss, oder?«

Nolte machte ein amüsiertes Gesicht. »Also so siehst du das? Du hältst mich für ihren Zuhälter?«

»Wäre nicht das erste Mal, dass ich sowas sehe.«

»Wir sind Freunde. Ich bin für sie da, wenn sie mich braucht. Aber ich verdiene nichts an ihr.«

»Natürlich«, stellte Kahlberg fest. »Und im Dezember verkleidest du dich als Weihnachtsmann und machst die Kinder glücklich.«

»Ach, leck mich«, knurrte Nolte.

Kahlberg ging zu einem Tisch hinüber, auf dem eine elektronische Briefwaage und drei in braunes Packpapier gewickelte Päckchen standen. Er riss eines davon auf und fand darin mit Cellophan versiegeltes Marihuana.

»Dann erzähl mir doch mal ein bisschen über María«, forderte er Nolte auf, während er das Päckchen auf die Waage legte.

»Ob du es glaubst oder nicht, sie ist ein besonderer Mensch für mich. Jemand, der es verdient hätte, den ganzen Mist hinter sich zu lassen. Und weißt du was?«

»Nein«, brummte Kahlberg ohne aufzublicken, während er das nächste Päckchen auf die Waage legte.

»Sie wird ihn hinter sich lassen. Und zwar bald. Sie hat endlich genug zusammen, um sich Land in ihrer Heimat kaufen und ein neues Leben beginnen zu können.«

»Etwa mit dir?«, fragte Kahlberg. »Eine große Freiluftplantage, durch die eure Kinder tollen?«

»Nein, für mich wäre das nichts.«

»Du meinst, so ein paar Hektar Gras wären eine Nummer zu groß für dich?«

»Sie will in der Tat Kinder haben«, erklärte Nolte, als habe er die spöttische Bemerkung überhört. »Sobald sie den Richtigen gefunden hat.«

Kahlberg schwankte für eine Sekunde, als er das letzte Päckchen in die Hand nahm. Für einen Augenblick hatte sich um ihn herum alles zu drehen begonnen. Er hoffte, Nolte hatte es nicht bemerkt und legte es behutsam auf die Waage. Als er das Gewicht kannte, klemmte er sich alle drei Päckchen unter den Arm und ging zur Tür.

Bevor er die Halle verließ, wandte er sich zu Nolte um und zeigte mit dem Lauf der Pistole auf ihn. »Vorerst lasse ich dich laufen, aber sag María, dass ich sie sprechen will.«

KAPITEL ACHTZEHN

Wiesenkötter schien den kleinen Affront des gestrigen Abends vergessen zu haben und zeigte sich wieder jovial und verbindlich. Er saß an seinem Schreibtisch unter dem Foto der Sprungschanze, und obwohl die Ermittlungen seitens seiner Gefolgschaft im Sande verlaufen waren, gab er wiederholt sein penetrantes Lachen zum Besten. »Sie glauben doch nicht, dass ich Sie im Stich gelassen hätte.«

»Natürlich nicht«, log Kahlberg, der sich trotz seiner Abneigung zu einem kurzen Besuch in der Dienststelle eingefunden hatte. »Aber Ihr promptes Bemühen war mehr als korrekt, ich bin Ihnen wirklich zu Dank verpflichtet.«

»So ein Blödsinn«, sagte Wiesenkötter und machte eine wegwerfende Handbewegung. »Ich hoffe nur, es hat Ihnen was genutzt.«

»Bisher leider nicht«, entgegnete Kahlberg und während er sich selbst bei seiner zweiten Lüge beobachtete, dachte er an die drei Kilogramm Marihuana, die vor der Wache im Kofferraum des zivilen Streifenwagens lagen. Er hatte das Für und Wider abgewägt, Wiesenkötter in die jüngsten Ereignisse einzuweihen, und den Schluss gezogen, die bisher gefällten Entscheidungen besser auf seinen eigenen Schultern zu tragen.

»Na, Sie bleiben am Ball und halten mich auf dem Laufenden«, sagte Wiesenkötter mit herzenswarmer Verbindlichkeit.

»Klar doch«, säuselte Kahlberg und stand auf. »Ich bin dann mal weg.«

Sie gaben sich die Hand und Kahlberg verließ das Büro des Polizeihauptkommissars.

Erleichtert nahm er die Stufen hinab zum Erdgeschoss. Eine Dienststelle zu verlassen, war immer die beste mit ihr verbundene Amtshandlung.

Vom schwarzen Brett im Eingangsbereich blickte ihn das Phantombild von Teds Mörder seltsam vertraut an. Kahlberg blieb kurz vor ihm stehen. An dem Allerweltsgesicht fiel nur der schmale, präzise geschnittene Schnäuzer auf. Kahlberg wäre jede Wette eingegangen, dass der Mörder sich ihn lediglich zur Täuschung angeklebt hatte.

Das Mobiltelefon klingelte und als Kahlberg den Anruf entgegennahm, überfiel ihn María geradezu.

Ihre Stimme klang scharf und heiser. »Komm sofort ins Parkhotel, ich erwarte dich in der Lounge. Ich muss mit dir sprechen.«

Kahlberg verließ die Wache und machte sich auf den Weg. Eigentlich sollte er zufrieden sein, er hatte auf diesen Anruf spekuliert. Doch er musste unentwegt an Marías halb geöffnete Lippen denken, die nun wahrscheinlich für immer verschlossen blieben, denn sie wusste jetzt, dass er ein Bulle war.

Er hielt direkt vor dem futuristischen Gebäude in Form eines eiförmig verzerrten geodätischen Domes. Hinter den dreieckig angeordneten Stahlstreben spiegelten sich die Glasflächen eines halben Dutzends Stockwerke mit terrassenförmig angeordneten Balkonen.

Einen Teil des davorliegenden Parkplatzes hatte man abgesperrt, auf ihm standen mehrere gigantische Traktoren, deren Räder die umstehenden Männer überragten. Auf Hochglanz poliert und mit ihren geschwungenen Glaskanzeln erinnerten die Maschinen vor der Kulisse des Hotels an Fahrzeuge einer interstellaren Expedition.

Kahlberg betrat die dem Hauptgebäude vorgelagerte weitläufige Lobby. Im Eingangsbereich hatte man eine große Informationstafel aufgestellt, auf der INTERNATIONALE TAGUNG LANDTECHNIK stand.

Eine Gruppe Männer in gut sitzenden Anzügen meldete sich gerade an der Rezeption an, ihre Gesichter waren glatt und gepflegt, nur einer von ihnen hatte den zerfurchten, geröteten Teint eines Menschen, der tagtäglich bei Wind und Wetter im Freien arbeitet.

Kahlberg folgte einem Wegweiser, der zur Lounge wies, welche etwas fantasielos den Namen der meistverkauften lokalen Biermarke trug.

María saß am Tresen, vor sich ein Glas Orangensaft, und empfing ihn mit straffer Kälte, was ihren schlanken Hals nur umso länger und ihr Kleid wie eine teure Maßanfertigung wirken ließ.

»Du elender Spitzel«, zischte sie leise, als er vor ihr stand.

Sich für seine Ermittlung zu entschuldigen, wäre unsinnig gewesen, aber er machte ein betretenes Gesicht, das Bände sprach.

Sie musterte ihn, wohl prüfend, ob er ihr den nächsten Akt einer Aufführung darbot oder ob die Mimik seinen wahren Gemütszustand widerspiegelte. Dann sagte sie: »Danke, dass du Nolte hast laufen lassen.«

»Das kann sich noch ändern«, erwiderte er sanft, jede Drohung im Tonfall vermeidend, und setzte sich auf den freien Hocker neben ihr.

Der Barkeeper kam herbei und Kahlberg bestellte ein Bier von der Marke, deren Namen die Lounge trug.

María funkelte Kahlberg herausfordernd an. »Du hast sicher die ganze Zeit gewusst, was ich eigentlich mache?«

Die Frage war eher eine Feststellung.

Kahlberg wiegte den Kopf. »Ich vermute, du nimmst an der Tagung für internationale Landtechnik teil.«

»Genau. Und es hat mich schon ein ordentliches Trinkgeld gekostet, hier sitzen zu können.«

»Es wird sich lohnen, schließlich ist Landtechnik eine der letzten großen Männerdomänen.«

»Das will ich hoffen.«

Über ihre Gesichter huschte ein Grinsen.

»Was willst du von mir?«, fragte María dann.

Kahlberg musste sie für einen Augenblick angestarrt haben, denn sie begann erneut zu schmunzeln. Eilig fing er sich und sagte: »Die Wahrheit. Die Wahrheit darüber, warum mich Ted hier oben treffen wollte.«

Sie zuckte mit ihren schönen Schultern. »Ich weiß auch nicht mehr als das, was dir Nolte bereits gesagt hat.«

»María. Das hier ist kein Verhör. Sonst hätte ich euch beide festnehmen lassen und du hättest nicht vor unserem Treffen mit Nolte sprechen können. Ich glaube aber, dass ihr mir nützlicher seid, wenn ihr mir aus freien Stücken helft, und mein Gefühl …« Er verstummte für einen Moment, als der Barkeeper ihm das Bier hinstellte. Dann beugte er sich zu María vor und sagte leise: »Ich muss wissen, was genau du Ted an Informationen gegeben hast.«

»Eigentlich gar keine. Ihn interessierten Schieber und Menschenhändler. Irgendeine Spur hatte ihn zu dem Kasino in Himmel geführt und von dort ist er Nolte bis hierher gefolgt. Aber einer der Gründe, warum ich hier oben arbeite, ist, dass es solche Gestalten hier nicht gibt.«

»Aber irgendwas musst du Ted doch gesagt haben.«

»Natürlich kenne ich durch meine Arbeit die eine oder andere Geschichte. Aber ich wollte weder die Mädchen noch mich in irgendwas verwickeln.« Sie nahm einen Schluck von ihrem Orangensaft, dann sagte sie: »Ich habe ihm nur die Stadt genannt, von der ich weiß, dass dort etwas läuft.«

»Welche Stadt?«

»Hagen.«

Kahlberg nahm einen tiefen Schluck Bier. Es schmeckte ausgezeichnet. Der Name der Lounge erschien ihm in einem besseren Licht, zweifellos konnte man ihn sich schöntrinken. Bei der Frau vor ihm bestand dazu keine Notwendigkeit. Und sie hatte ihm gerade den ersten greifbaren Brocken hingeworfen. Er blickte sie fest an. »Wie weit kannst du dich mir offenbaren?«

»Darüber muss ich nachdenken.«

»Haben die Typen im Kasino, denen Nolte das Gras verkauft, was mit der ganzen Sache zu tun?«

»Möglich, aber ich weiß es nicht.« Sie bemerkte Kahlbergs skeptischen Blick und fügte mit Nachdruck hinzu: »Ich weiß es wirklich nicht.«

»María, Ted ist gestorben, weil er auf etwas gestoßen ist und es hat womöglich mit deinem Hinweis auf Hagen zu tun. Du musst mir einfach helfen.«

»Ich kann dir nur versprechen, dass ich darüber nachdenken werde.«

Kahlberg spürte, sie war bereit, ihm zu helfen und würde sich bloß wieder verschließen, wenn er sie mit Nolte oder Schuldgefühlen unter Druck setzte.

»Also gut«, sagte er und er musterte die Lounge, die sich langsam zu füllen begann. Auch die Anzugträger, die ihm an der Rezeption begegnet waren, hatten an einem der Tische in bequemen Sesseln Platz genommen.

»Ich glaube, ich gehe jetzt besser, sonst verderbe ich dir noch das Geschäft«, sagte er und trank sein Glas in einem Zug aus.

»Ehrlich gesagt hätte ich gar nichts dagegen.«

Ihre dunklen Augen glänzten.

Wie in der vorgestrigen Nacht fühlte sich Kahlberg unwiderstehlich zu ihr hingezogen und ihn überkam das Verlangen, das ziemlich eindeutig gemachte Angebot anzunehmen. Stattdessen sagte er betont sachlich: »Nolte meinte, du willst aussteigen«, und fügte mit einem kurzen Seitenblick auf die Anzugträger hinzu: »Vielleicht findest du hier ja eine gute Partie für danach.«

María folgte Kahlbergs Blick und überflog die Männer. »Wahrscheinlich alle schon verheiratet. Die meinen dann, sie gingen nicht fremd, wenn sie dafür bezahlten. Gut fürs Geschäft, aber sonst …« Sie verdrehte abfällig die Augen. »Dir bleibt ja auch nicht erspart, hinter die Fassaden zu blicken.«

»Und ab und zu ist jemand darunter, der es wert ist«, beharrte Kahlberg.

Sie legte den Kopf schräg und sah ihn mitleidig an. »Irre ich mich, oder bist du durch und durch sentimental? Wach auf, nichts ist so, wie es scheint.«

»So ein anzugtragender Treckerfahrer wäre doch gar keine schlechte Partie für dich und deine Finca«, säuselte Kahlberg, scheiterte aber bei dem Versuch, lässig zu wirken.

»Einen kräftigen Bullen könnte ich da schon eher gebrauchen«, entgegnete sie freimütig.

Kahlberg starrte fassungslos zurück. In seinem Kopf schien etwas zu explodieren und sinnlose Worte durchschwirrten ihn wie Fetzen eines Buches. Seine Lippen öffneten sich langsam, in den Mundwinkeln platzten ein paar Schaumblasen vom Bier.

Doch bevor er eine Antwort zustande brachte, straffte Maria sich und beschied nüchtern: »Also, ich rufe dich an.«

Er nickte, noch immer unfähig zu sprechen, und stand auf.

Sie gab ihm formell und graziös wie auf einem Staatsempfang die Hand. »Und denk immer daran, nichts ist jemals so, wie es scheint.«

»Ich will's versuchen«, brachte er hervor.

Während er die Lounge verließ, tanzten noch immer die Worte wild und unkontrolliert durch seinen Kopf. Als sich das Wirrwarr endlich zu legen begann, war der erste klare Satz, der ihm durch den Kopf ging: Ich hab's verbockt, ich Idiot.

In der Lobby fiel ihm auf, dass er vergessen hatte, in der Lounge das Bier zu zahlen, und ging zurück. Unterwegs nahm er sich vor, diesmal einen besseren Abgang hinzulegen, zumindest eine Option bei ihr zu hinterlassen für den Tag, an dem all dies hier vorbei und geklärt sein würde.

Als er in den Eingang der Lounge trat, sah er einen der glattgesichtigen Anzugträger an Marías Seite sitzen und lebhaft auf sie einreden. Sie lauschte dem Mann aufmerksam und lächelte ihn gelegentlich verführerisch an.

Kahlberg machte ungesehen kehrt und schlich aus dem Hotel.

Auf dem Weg zu seinem Wagen kam er erneut an den außerirdischen Expeditionsfahrzeugen vorbei. Eine große Zahl von Tagungsgästen hatte sich um sie geschart. Es war eine kleine Bar aufgestellt worden, hinter der zwei junge Mädchen lächelnd Freibier ausschenkten von der Marke, die der Lounge ihren Namen gegeben hatte.

KAPITEL NEUNZEHN

Der Schankraum war an diesem Sonntagabend gut besucht, niemand schien sich das letzte Wochenendbier entgehen lassen zu wollen. Kahlberg hatte sich schon früh auf einen Platz am Tresen gesetzt und begonnen, bedächtig aber beständig Bier zu trinken.

Die Wirtin an der Zapfanlage stand ihm die meiste Zeit gegenüber. Ihr Lächeln schien heute sinnlicher, ihr Mund voller und die feinen Fältchen, welche ihre Augenwinkel umspielten, hatten etwas Zärtliches. Mit großem Hallo wurde Bier um Bier von den Gästen bestellt und von ihr über die Theke gereicht, immer begleitet von dem ruhenden Lächeln, das in regelmäßigen Abständen zu Kahlberg wanderte.

Als noch ein letztes, ultramarines Blau durch die Fenster schimmerte, begann sich der Raum zu leeren. Die Menschen hier waren enthusiastische Frühaufsteher, eine Gewohnheit, die sich bei Kahlberg nie so recht hatte einstellen wollen.

»Noch ein Bier?«, fragte ihn die Wirtin und lächelte ihr Lächeln.

»Gerne.«

Wenig später hatte er den frischen Gerstensaft vor sich stehen und begann ihn behutsam zu trinken. Nach und nach verabschiedete die Wirtin die letzten Gäste. Das Gemurmel der Stimmen verebbte, Autotüren schlugen, Motoren wurden angelassen.

Kahlberg dachte an María und das seltsam verunglückte nachmittägliche Treffen, an Nolte und die undurchsichtige Rolle, die dieser in ihrem Leben spielte. In Gedanken folgte er dem Mustang, der sich über eine nicht enden wollende Landstraße wand. Ein frisch vor ihn gestelltes Bier riss ihn aus seinen Gedanken.

»Geht aufs Haus«, sagte die Wirtin. Auch sie hatte ein volles Glas vor sich.

Kahlberg bemerkte, dass er der letzte Gast im Schankraum war. Er hob sein Bier. »Auf dein Wohl, Birte.«

»Prost Björn.«

Sie stießen an und nahmen jeder einen tiefen Schluck.

»Erzähl mir was von dir«, sagte Kahlberg.

Sie machte eine hilflose Geste. »Was soll ich da erzählen, alles, was ich bin, siehst du hier vor dir. Ich habe keine spannenden Geheimnisse.«

»Blödsinn«, entgegnete Kahlberg. »Eine Frau ohne Geheimnisse gibt es nicht.«

Sie sammelte ihre Gedanken und sagte freimütig: »Ich bin hier geboren und habe fast mein ganzes Leben hier verbracht.«

»Fast?«

»Außer zwei Jahre in Berlin«, und fügte verklärt hinzu: »Eine schöne Zeit.«

»Und warum bist du zurückgekehrt?«

»Meine Eltern starben bei einem Unfall. Jemand musste die Pension übernehmen und irgendwie war klar, dass ich das mache und nicht mein Bruder. Den habe ich schon seit Jahren nicht mehr gesehen.«

Sie holte ihre Zigaretten hervor und bot Kahlberg eine davon an. Es handelte sich jetzt um ein privates Gespräch an einem privaten Ort. Das Rauchverbot war gestern – wie Kahlberg beim flüchtigen Blick auf die Uhr feststellte.

»Warst du nie verheiratet?«, fragte er und blies den Rauch zur Decke.

»Einmal. Aber es hat nicht gehalten.«

»Warum nicht?«

»Wenn man eine Pension führt, muss alles genau passen. Sonst hat man kein Privatleben, keine Zeit für Kinder. Und es hat nicht genug gepasst, obwohl wir uns Mühe gegeben haben.«

Sie inhalierte den Zigarettenrauch und fixierte einen Punkt im Raum. All die nicht passenden Momente schienen vor ihr Revue zu passieren.

Kahlberg beeilte sich, sie in die Gegenwart zurückzuholen. »Und jetzt gibt es keinen Mann mehr in deinem Leben?«

Sie sah ihn an. »Doch, schon, aber keinen mehr, auf den ich mich wirklich eingelassen hätte.«

»Und, bist du glücklich?«

»Ja«, sagte sie schnell. Dann zuckte sie unschlüssig mit den Schultern und fügte hinzu: »Ich weiß nicht.«

Zwei Biere und ebenso viele Korn später hatten sie sich nichts mehr zu sagen und blickten sich schweigend an. Es war Birte, die sich zu ihm hinüberbeugte und ihn sacht auf den Mund küsste.

Wenig später befanden sie sich in ihrer angrenzenden Wohnung, welche sich ebenfalls im Erdgeschoss befand. Eine kleine Wohnküche, die sie fast nie nutzte, ein geräumiges, wenn auch nicht mehr ganz neues Bad und das Schlafzimmer, aufgeräumt und heimelig, mit seinen warmen Farbtönen und dem gedämpften Licht der Kerzen, die sie direkt beim Eintreten angezündet hatte.

Im Stehen hatten sie sich zu küssen begonnen, zunächst unsicher und nervös, dann leidenschaftlich, und Kahlbergs Hand war über ihren Rücken zu ihrem Gesäß hinabgeglitten. Dann hatten sie sich auf die Bettkante sinken lassen und sich zwischen den Umarmungen wie beiläufig ausgezogen, bis sie sich nackt auf dem Laken liegend wiederfanden.

Birtes Körper wirkte nun noch üppiger als zuvor, doch ihre Brüste widerstanden der Schwerkraft und sackten nur leicht den Brustkorb hinab.

Kahlberg küsste sie auf die Stirn, der leicht säuerliche Geruch ihres blonden Haares stieg ihm in die Nase. Dann begann sein Mund ihre Haut zu erkunden, tastete sich hinab zu ihrem Geschlecht. Die Scham roch genau wie ihr Haupthaar. Seine Zunge fand ihren Ort und ein Beben ging durch Birtes Körper, sie stöhnte leise und ihre Hände umfassten seinen Kopf.

Lange blieb Kahlberg in diesem Refugium vergraben, darauf hoffend, dass ihre Erregung auf ihn überginge, doch mit jedem Moment, der verstrich, fühlte er sich dumpfer und leidenschaftsloser und der Körper der Wirtin schien ihm, trotz der sanft flackernden Kerzen, wie unter Neonlicht exponierte Fleischerware.

Doch plötzlich war alles ganz einfach. Seine Vorstellung öffnete ihm den Weg.

Kurzer Vlies aus dichter Krause umschloss die Quelle ihrer Lust. Er trank aus ihr, bis sein Mund sich den Weg hinauf über dunkle, duftende Haut suchte und sich sein Unterleib an ihr brennendes Geschlecht presste. Wie von selbst glitt er in sie hinein, versank in ihrer Glut, stöhnte vor Lust, erhielt als Antwort ein Seufzen, schmiegte seine Wange an die ihre und roch den schweren Duft ihres kurzen Haares. Sie fanden ihren Rhythmus, genau als Kahlbergs Telefon zu brummen begann, doch sie stiegen weiter auf zu den Gipfeln der Lust und ließen die Welt mit ihren Telefonen unter sich zurück. Als sie gleichzeitig kamen, konnte er gerade noch verhindern, dass er es laut ausrief: »María!«

Stattdessen biss er sich auf die Zunge und wartete schwer atmend, bis die Leidenschaft aus ihm gewichen war.

Dann rollte er sich neben Birte, tastete nach seiner Zigarettenschachtel, bot sie ihr zuerst an, nahm dann selber eine Zigarette heraus und zündete beide an. Sie inhalierten tief und bliesen erschöpft den Rauch zur Zimmerdecke.

Sie wandte ihm lächelnd den Kopf zu. »Es war sehr schön.«

Kahlberg zögerte etwas zu lang, bevor er »Ja« sagte.

Ihr Lächeln erstarb. Ihre Stirn kräuselte sich nachdenklich, während sie sich von ihm abwandte und begann, die Decke anzustarren.

Kahlberg fluchte innerlich und verspürte doch Erleichterung. Er hätte nicht lange Theater spielen können, es lag ihm nicht.

Wenig später verabschiedete er sich angezogen in der Tür des Apartments. Sie war in einen weiten Bademantel geschlüpft.

Als er sich zu ihr beugte, um ihr einen Abschiedskuss zu geben, wandte sie das Gesicht ab.

Dann strich sie ihm wie zum Ausgleich für den verwehrten Kuss über die Wange. »Bis morgen.«

Er nickte ihr lächelnd zu, während sie ihm noch einen kurzen enttäuschten Blick zuwarf und dann die Tür schloss.

Kahlberg begriff ihre Einsamkeit, ihr Warten an diesem Ort, der sie nicht losließ, der ihr ein Gefängnis war, in dem sie darauf harrte, dass etwas passierte, jemand vorbeikäme; ein verspäteter Prinz auf einem weißen Pferd.

Er drehte sich um und begann, die Treppe zu seinem Zimmer hinaufzusteigen. Unterwegs kontrollierte er sein Telefon. Der Anruf, der ihn im Bett der Wirtin erreicht hatte, war von María gewesen.

Eilig schloss er sein Zimmer auf, zog die Tür hinter sich zu und rief zurück.

Doch María ging nicht dran.

KAPITEL ZWANZIG

Obwohl der Kronleuchter eingeschaltet war, hauchte der Widerschein des Kaminfeuers zuckendes Leben in die Fotografien des vergilbten Albums.

Bedächtig blätterten die geäderten Hände Seite um Seite um und er reiste durch die Zeit des Aufbruchs, der großen Pläne und Träume, die tatsächlich in Erfüllung gegangen waren, so, als hätte man die Dinge damals nur mit einem Zauberstab berühren und den eigenen Schweiß hinzugeben müssen, um jeden Tag aufs Neue das Wunder geschehen zu lassen. Das Wirtschaftswunder. Er sah sich selbst als jungen Mann, den straffen Körper stolz zur Kamera gewandt, alles an ihm strahlte Vitalität und Entschlossenheit aus. Eine Entschlossenheit, die er bei seinem Sohn nie hatte entdecken können. Dessen Augen waren nach seiner Mutter geraten. Frauenaugen, weiche verträumte Frauenaugen. So sehr er diesen Blick bei ihr geliebt hatte, Zuflucht gefunden hatte in ihm an nicht so hellen Tagen, so sehr hatte er ihn bei seinem Sohn verachtet und dabei zugleich gelitten, da diese von ihm geliebten Augen ihm nun zugleich zuwider waren. Und einen weiteren Sohn, der fähig gewesen wäre, die Geschicke der Firma zu lenken, hatte ihm seine Frau nicht mehr schenken können.

Ohne dass angeklopft worden wäre, öffnete sich die Tür des Kaminzimmers und Agata trat ein, ein schnurloses Telefon in der Hand.

Er machte sich nicht die Mühe, seinen Kopf zu heben, sondern blickte sie unter seinen buschigen Augenbrauen hinweg mürrisch an.

Die Pflegeschwester hielt das Telefon hoch. »Für Sie.«

Ihr wortkarger Auftritt und ihr maskenhaftes Gesicht machten jede weitere Frage überflüssig. Ihm war sofort klar, wer sich am anderen Ende der Leitung befand.

»Geben Sie her«, sagte er, schloss das Album auf seinem Schoß und streckte seine knotige Hand aus.

Die Pflegeschwester ging zu ihm und reichte ihm das Telefon. Dann blieb sie vor ihm stehen und machte keinerlei Anstalten, sich zurückzuziehen. Er presste die Hand ärgerlich auf die Sprechmuschel.

»Nun gehen Sie schon«, herrschte er sie an und als sie sich endlich mit verächtlicher Miene in Bewegung setzte, rief er ihr mit heiserer Stimme nach: »Und machen Sie die Tür zu.«

Als er sich alleine wähnte, hob er das Telefon ans Ohr und meldete sich. Die Stimme am anderen Ende sprach gewählt und geschäftstüchtig.

Nachdem sie geendet hatte, sagte der Alte: »Gut, morgen um drei.«

Dann legte er ohne Abschiedsfloskeln auf und starrte lange auf die herunterbrennenden Scheite.

Schließlich rollte er an den Kamin heran, nahm das Fotoalbum von seinem Schoß und warf es mit einer kurzen Bewegung, gerade so hastig ausgeführt, dass er sie nicht mehr bei einem plötzlichen, reumütigen Impuls hätte korrigieren können, in die Flammen.

KAPITEL EINUNDZWANZIG

Kahlberg war im Morgengrauen aufgestanden. Noch benommen von Alkohol und Schlafmangel, hatte er sich aus der Pension geschlichen und an der Tankstelle gefrühstückt.

Dann hatte er begonnen, ziellos durch die Gegend zu fahren, die Landstraße magisch erleuchtet von den ersten Sonnenstrahlen, hatte Wälder und Täler durchquert, Bilderbuchdörfer mit unbekannten Namen, und war irgendwann auf eine breitere Schnellstraße gelangt, auf der dichter Berufsverkehr geherrscht hatte und deren Verkehrsschilder auf Orte verwiesen, die er kannte.

Nun saß er im Nissan vor dem Automatenkasino und rauchte. Der Vormittag war bereits fortgeschritten, aber für diejenigen, auf die er wartete, dürfte es wahrscheinlich noch früh am Morgen sein. Zumindest schätzte er ihre Gewohnheiten so ein. Und er hatte keine Garantie, dass sie überhaupt auftauchen würden.

Er nahm sein Telefon und rief zum wiederholten Male María an. Ihre Stimme erklang auf dem Anrufbeantworter, professionell, diskret und zugleich sinnlich, aber Kahlberg sah davon ab, eine Nachricht zu hinterlassen. María wusste genau, aus welchem Grund er anrief, und wenn sie nicht antwortete, so wollte er sie zumindest beständig an ihr Angebot erinnern.

Die Zeit verging zäh. Er schaltete das Radio ein und wanderte von Sender zu Sender. Alle nudelten unerträgliche Oldies oder noch Schlimmeres ab, und selbst wenn gelegentlich etwas Zumutbares kam, wurde Kahlberg sofort darauf mit mehreren aufeinanderfolgenden Ohrwürmern abgestraft.

I just called to say I love you, quäkte Stevie Wonder und Kahlbergs beste Erinnerung an das Lied war ein Surfurlaub in Holland, mit jeder Menge Vla, Joints und dem fertigen Schulabschluss in der Tasche. Stevie rotierte damals auf allen Sendern und die Zukunft schien verheißungsvoll. Doch sehr bald sollten sich die Optionen einengen und Kahlberg letztendlich hier auf diesen Parkplatz befördern, mit einem Telefon in der Hand, das ihm im Moment unnützer schien als eine Buschtrommel neben einem Presslufthammer.

No Libra sun, No Halloween
No giving thanks to all the Christmas joy you bring
But what it is, though old so new
To fill your heart like no three words could ever do

Und wieder stimmte Stevie den sirupsüßen Refrain über sein famoses Telefonat an.

Kahlberg stellte das Radio ab. Die Ruhe tat gut. Er lehnte sich zurück und ließ die Zeit verstreichen. Gerade als er überlegte, ob er sich einen Kaffee besorgen sollte, fuhr ein schwarzer BMW M3 auf den fast leeren Parkplatz und hielt am anderen Ende.

Heraus stiegen vier der Jungs, an die Nolte sein Gras verkauft hatte. Der Wagen passte zu ihren Goldketten, die echt sein mochten, allerdings nicht wirklich dick waren. Aber Kahlberg konnte ihre Ambition spüren, sie lag in ihrem selbstbewussten Gang und den wachen Blicken, die sie auch zu ihm hinüberwarfen.

Er hielt ihnen wie beiläufig stand, schnell verloren sie das Interesse an ihm und betraten das Kasino.

Kahlberg verstaute das Halfter mit der P99 und seinen Polizeiausweis im Handschuhfach, stieg aus seinem Wagen und schlenderte zum Eingang des Automatenkasinos.

Er fand die Gruppe, genau passend, wie er fand, beim Billardspielen in »Chicago« und ging geradewegs auf sie zu.

Der, der ihn zuerst erblickte, starrte ihn herausfordernd an. Kahlberg näherte sich weiter unbeeindruckt.

Nun wurden auch die anderen aufmerksam und wandten sich ihm zu. Derjenige, der dem jungen Robert De Niro ähnelte, machte eine beruhigende Geste zu den anderen und ging Kahlberg, ohne den Queue fortzulegen, einen Schritt entgegen.

»Was willst du?«, fragte er ihn freundlich. Seine Augen aber funkelten drohend.

Kahlberg blieb vor ihm stehen, hielt seinem Blick gelassen stand und ignorierte den Rest der Gruppe, der einen Halbkreis um ihn formte. »Ich habe gehört, man kann hier was loswerden.«

»Du bist doch nicht etwa so'n perverses Schwein?«, zischte der Kleinste der Gruppe, der ihn zuerst gesehen hatte.

De Niro funkelte ihn ärgerlich an und sagte dann, an Kahlberg gewandt: »Ich habe keine Ahnung, wer dir das erzählt hat und was du loswerden willst, aber du wirst es doch bestimmt nicht verschenken wollen?«

»Natürlich nicht«, entgegnete Kahlberg. »Aber der Preis ist gut.«

»Und was ist es?«

»Gras. Drei Kilo«, sagte er mit gedämpfter Stimme.

De Niro nickte dem kleinen Kläffer zu und im Handumdrehen tasteten dessen Hände Kahlberg routiniert ab. Der ließ es seelenruhig über sich ergehen, er hatte mit dieser Reaktion gerechnet.

»Er ist sauber«, sagte der Kläffer.

»Gut«, befand De Niro und wandte sich Kahlberg zu. »Wo hast du es?«

»In meinem Wagen.«

De Niro taxierte Kahlberg kurz, dann sagte er: »Gehen wir.«

Er legte den Queue auf den Tisch und machte eine auffordernde Kopfbewegung zu den anderen.

Kahlberg und die Gruppe verließen das Kasino durch den Hintereingang und schlenderten um das Gebäude herum.

Als sie vor dem Nissan standen, schloss Kahlberg den Kofferraum auf und hob den Deckel an. Drei sorgfältig in Packpapier gewickelte Päckchen lagen darin.

De Niro beugte sich darüber, ließ ein Messer aufschnappen und schnitt eines der Päckchen auf. Er holte etwas Gras heraus, begutachtete es und roch daran. »Diesel Haze.«

»Das ist gut zehntausend wert, ich überlasse es dir für fünf«, sagte Kahlberg.

De Niro sah ihn unbeeindruckt an. Er hatte das Messer nicht weggesteckt. »Du hast es wohl sehr eilig.«

»Also willst du es nun oder nicht?« Kahlberg setzte eine ungeduldige Miene auf.

»Immer mit der Ruhe«, sagte De Niro beschwichtigend und machte einen Schritt auf Kahlberg zu. Ihre Gesichter berührten sich beinahe. »Zuerst will ich wissen, wo du es her hast.«

»Ein alter Bauernhof am Niederrhein. Je weniger du weißt, umso besser.«

»Quatsch«, fuhr ihn De Niro an. »Ich kenne dieses Gras und ich glaube, ich weiß, woher es kommt.«

Kahlberg konnte an der Körperhaltung seines Gegenübers erkennen, dass die Messerspitze direkt auf ihn gerichtet war. Auch die anderen hatten sich genähert und was sie in ihren Taschen trugen, würde ebenso scharf und gefährlich sein.

»Also gut, dann lassen wir es eben.« Er machte Anstalten zu gehen.

De Niro hielt ihn am Arm fest. »Wer wird es denn so eilig haben?« Über sein Gesicht zuckte ein gefährliches Grinsen. »Ich glaube, wir passen erst mal ein bisschen auf dein Zeug hier auf und unterhalten uns in Ruhe, irgendwo an einem stillen, gemütlichen Ort.« Er zog mit der Linken die Wagenschlüssel aus seiner Hosentasche und warf sie einem seiner Kumpanen zu, der sofort zu dem BMW hinüberging.

Kahlberg wägte seine Chancen ab. Jetzt waren es einer weniger, aber auf die Distanz hatte er keine Chance. Mit Sicherheit warteten drei Messer unmittelbar an seinem Körper darauf, sich durch seine Haut zu bohren. Er starrte De Niro drohend an. »Du lässt mich besser gehen, oder willst du etwa einen Kampf hier in aller Öffentlichkeit?«

»Was für ein Kampf?«, fragte De Niro mit Grabeskälte. »Du wirst dich plötzlich krümmen, es muss wohl der Blinddarm oder so was sein, und wir laden dich in unser Auto, um dich ins Krankenhaus zu bringen.«

Kahlberg kalkulierte seine Chancen und kam zu dem Schluss, es wäre besser zu kämpfen, als in den Wagen zu steigen. Hier auf dem Parkplatz hatte er eine Chance davonzukommen, wenn er sich nicht sofort eine tödliche Verletzung zuzog. Sein Körper straffte sich.

Plötzlich erfüllte ein unverwechselbares Donnern die Luft. Alle hoben die Köpfe und sahen den schwarzen Ford Mustang auf den Parkplatz biegen. Derjenige, der sich zum BMW aufgemacht hatte, war auf halbem Wege stehengeblieben.

Nolte stieg aus und kam ruhigen Schrittes auf die Gruppe zu. Sofort hatte er die Situation erfasst. »Langsam, Jungs, es ist alles in Ordnung.« Dann wandte er sich an Kahlberg. »Und, haben sie angebissen?«

Der verstand sofort. »Nein, sie hätten mich lieber in Stücke geschnitten, als deine Ware von jemand anderen zu kaufen.«

De Niro zog ärgerlich die Brauen zusammen. »He, wollt ihr mich verarschen?«

»Um ehrlich zu sein, ja«, sagte Nolte. »Aber du hast dich nicht verarschen lassen.«

»Ihr meint, das hier war ’ne Falle?« De Niros Hand krampfte sich um das Messer.

»Sagen wir eher – ein Test.« Nolte ging zum Kofferraum des Nissan und nahm eines der Pakete heraus. »Ich wollte wissen, ob meine Kunden zuverlässig sind oder mit jedem ins Bett gehen. Das hätte unser Geschäftsverhältnis schwer belastet.«

»Mann«, grollte De Niro. »Ich habe sofort gemerkt, dass hier was nicht stimmt.«

Nolte grinste. »Du hast ’ne gute Nase.« Er warf ihm das Päckchen zu. »Das ist für euch. Sagen wir, ein Werbegeschenk.«

Endlich steckte De Niro das Messer weg. Die anderen folgten seinem Beispiel.

Nolte klopfte Kahlberg freundschaftlich auf die Schulter. »Danke, Alter, dass du mir geholfen hast, meine Zweifel zu klären.«

»Gern geschehen.«

Nolte grüßte in die Runde. »Also, bis dann.«

Er ging zum Mustang hinüber, während Kahlberg versuchte, möglichst entspannt den Weg bis zur Tür des Nissans zurückzulegen.

»He!«, rief De Niro.

Sie wandten sich zu ihm um.

Er stand da, breitbeinig und kopfschüttelnd. »Ihr seid total bescheuert.«

Ein Kichern drang durch seine Lippen, das sich zum Lachen steigerte.

Die anderen, Nolte eingeschlossen, stimmten lauthals ein und für einen Augenblick verspürte sogar Kahlberg eine Regung in seinem Zwerchfell.

Trotzdem war er froh, als der Motor ansprang, sein Wagen sich in Bewegung setzte und er Nolte folgte, der schon gewendet und den Mustang auf die Straße gelenkt hatte.

Nach fünf Minuten Fahrt hielten sie in einem Industriegebiet vor der Glasfassade eines Autohändlers. Dahinter standen die BMWs für die richtig dicken Jungs.

»Bist du wahnsinnig?«, herrschte Nolte Kahlberg an, kaum dass dieser ausgestiegen war. »Das hätte dich beinahe dein Leben gekostet.«

»Danke«, sagte Kahlberg nur.

»Was blieb mir übrig, du hättest mir beinahe meine Kundschaft vergrätzt«, knurrte Nolte.

»Und woher wusstest du, wo ich stecke?«

»Was hättest du denn sonst mit all dem Gras machen sollen. Etwa rauchen?«

Beide mussten plötzlich grinsen.

»Warum eigentlich nicht?«

Doch dann wurde Nolte ernst. »Ich war dagegen, aber María hat sich entschlossen, dir zu helfen. Sie ist wahrscheinlich schon mittendrin.«

»Wieso wahrscheinlich?«

»Wir hatten deswegen eine kleine Meinungsverschiedenheit, und seitdem geht sie nicht mehr ans Telefon.«

Kahlberg wurde bleich.

»Du kannst sie auch nicht erreichen?«

»Wieso sagst du *auch*?«

Beide bemerkten die plötzliche Sorge im Gesicht des anderen.

»Wir müssen schnell zu ihr!«

Kaum waren die Worte Kahlberg über die Lippen gekommen, saß er auch schon in seinem Wagen und fuhr mit aufheulendem Motor davon. Nolte folgte ihm auf der Stelle.

Das ungleiche Wagengespann raste auf die Autobahn und obwohl der Nissan um Gnade wimmerte, blieb Kahlberg vor dem Mustang.

KAPITEL ZWEIUNDZWANZIG

Kahlberg und Nolte hielten am Ortsrand vor einem Gebäude, das seine Größe mit einem Satteldach im Stil einer Schwarzwaldhütte zu verbergen suchte. Die Balkone der Ferienapartments waren unbelebt, Türen und Fenster verschlossen. Es würden noch Wochen vergehen bis zum Beginn der Saison, wenn sich vermeintliche Naturliebhaber in der nur mäßig getarnten Legebatterie einnisten und von den besseren Lagen aus die Aussicht auf die Skisprungschanze genießen würden. Auf dem weiten Rechteck des Parkplatzes stand nur Marías Mini.

Sie sprangen aus ihren Wagen und liefen zu der Eingangstür, auf deren Klingelbrett die Apartmentnummerierungen nur vereinzelt durch Namen von Dauergästen ersetzt worden waren.

Cervantes stand auf einer Klingel in der untersten Reihe, Nolte drückte auf den Knopf und sie warteten ungeduldig darauf, dass María sich meldete.

Doch nichts geschah und sie nahmen einer nach dem anderen ihre Telefone und versuchten erneut, sie anzurufen.

Ebenfalls vergeblich.

Nolte zog seinen Schlüsselbund hervor. »Sie hat mir vor Langem Zweitschlüssel gegeben«, erklärte er und schloss die Tür auf.

Sie betraten einen düsteren, mit Gussmarmor gekachelten Flur, es roch nach Feuchtigkeit und scharfen Reinigungsmitteln. An einer Wand befand sich die Metalltür eines Aufzugs, weiter hinten führte eine Treppe in die oberen Stockwerke.

Sie folgten dem Flur an der Treppe vorbei, bis er in einen Korridor mündete, und bogen links hinein. Es war dunkel, das Fenster am Ende des Ganges lag wie bei einem Souterrain unterhalb des hinter dem Haus ansteigenden Hanges und spendete wenig Licht.

An der ersten Tür, an der sie vorbeigingen, stand in den ungelenken Buchstaben einer Laubsägearbeit SKIRAUM. Auf der nächsten Tür formten nüchterne Klebebuchstaben das Wort GERÄTE.

Vor der folgenden Tür blieb Nolte stehen und klopfte.

Während sie auf eine Reaktion warteten, bemerkte Kahlberg, dass das Fenster am Ende des Flures leicht in der Zugluft schwang.

Als niemand antwortete, nahm Nolte erneut seine Schlüssel und öffnete die Tür.

Sie betraten einen kleinen Flur, ein Alptraum aus skandinavischen Fichtenmöbeln der Achtziger Jahre. Nur der schlichte und aufgeräumte Zustand machte ihn erträglich.

»María, bist du da?«, rief Nolte.

Niemand antwortete und sie gingen weiter ins Wohnzimmer, in dessen Hintergrund sich der Zugang zu einer kleinen Pantryküche befand. Eine alte Sofaecke war mit indianischen Webtüchern drapiert worden, deren Farbrhythmus das große darüber aufgehängte Plakat übernahm, wenn auch in dem dort abgedruckten Gemälde ein drohendes Schwarz die Vorherrschaft beanspruchte. *Alejandro Obregón* stand in großen Lettern auf dem unteren Rand.

Kahlberg sah zuerst, dass etwas nicht stimmte. Die einfache Resopaltür, die im Eingangsbereich des Wohnzimmers einen Teil der Wand einnahm, war angelehnt und auf der Höhe des Schlosses klaffte aus dem Rahmen gesplittertes Holz.

Er stieß die Tür eilig auf. Obwohl er den Anblick schon zahllose Male erlebt hatte, traf er ihn wie ein Faustschlag und er krümmte sich stöhnend. Aber so sehr er es versuchte, er konnte den Blick nicht abwenden.

María lag am Fuß ihres Bettes, der orangebraune Teppichboden unter ihr hatte sich schwarz gefärbt vom geronnenen Blut, das aus der klaffenden Schnittwunde an ihrem Hals geströmt war. Durch halb geschlossene Lider starrte sie ins Leere.

Von der Fensterbank waren Blumentöpfe gerissen worden. María musste in ihr Schlafzimmer geflohen sein, sich eingeschlossen und versucht haben, durch das Fenster zu entkommen.

Kahlberg hatte nicht gemerkt, dass Nolte neben ihn getreten war. Erst als er sein Schluchzen hörte, wandte er sich ihm zu. Fassungslos starrte der große, kantige Mann auf den toten Körper. Tränen liefen seine Wangen hinunter.

Kahlberg legte behutsam seine Hand auf Noltes Arm: »Wir müssen ihr Telefon finden.«

Er reagierte nicht, starrte María voller Entsetzen an.

Kahlbergs Griff wurde eindringlicher. »Nolte! Wir müssen jetzt handeln, wenn wir dieses Schwein erwischen wollen.«

Nur langsam erwachte Nolte aus seiner Trance und sie begannen, die Wohnung vorsichtig abzusuchen, um keine Spuren zu hinterlassen. Nirgendwo konnten sie Marías Mobiltelefon finden. Der Täter musste es mitgenommen haben, und mit ihm ihre letzten Anrufe und auch Noltes und Kahlbergs Nummern.

»Komm, wir hauen ab«, sagte Kahlberg.

»Willst du sie hier einfach so liegen lassen?«, fragte Nolte mit Widerwillen.

»Wir haben keine andere Wahl. Wenn wir jetzt die Polizei rufen, müssten wir zu viel erklären, auch deine Rolle in der ganzen Sache.«

Kahlberg schob Nolte auf den Flur. Bevor er die Wohnungstür hinter ihnen zuzog und ihre Fingerabdrücke vom Türknauf wischte, besah er sich das Schloss. Obwohl er nicht die leichteste Spur einer Manipulation erkennen konnte, war er davon überzeugt, dass der Mörder durch das Fenster des Flurs eingestiegen war, die Tür zur Wohnung lautlos geknackt und María überrascht hatte.

Auf dem Weg durch den grauen Flur musste Kahlberg an ihren letzten Anruf denken. Hatte sie eine wichtige Information für ihn gehabt? War es ein Hilferuf gewesen? Oder hatte der Täter herausfinden wollen, wer hinter der Nummer steckte? Er würde es wohl nie erfahren. Am unerträglichsten aber empfand Kahlberg die Vorstellung, ihr Anruf hätte ihm persönlich gegolten, und er stellte sich vor, wie sie ihn in der gestrigen Nacht hatte fragen wollen, ob er auch nicht schlafen könne.

Der Gedanke senkte sich wie flüssiges Blei in seine Brust und als sie das Haus verließen und auf den Parkplatz traten, begann Kahlberg zornig schreiend, seine Fäuste gegen die Hauswand zu schlagen, wieder und wieder, bis es Nolte schließlich gelang, ihn zu beruhigen, einem Mantra gleich »schon gut, schon gut« murmelnd.

Kahlbergs Knöchel bluteten, ein dumpfer Schmerz pochte in ihnen und doch wünschte er sich, er würde weiter auf die Wand einschlagen und der Schmerz zunehmen. Er hatte es verdient.

»Komm, wir müssen weg hier«, sagte Nolte, der ihn noch immer festhielt und nervös um sich spähte. Doch weit und breit war kein Mensch zu sehen.

»Bring mich zu einem Telefonladen«, sagte Kahlberg mit noch immer zitternder Stimme.

Schließlich hatte er sich so weit beruhigt, dass er in seinen Wagen steigen konnte und sich vom vorausfahrenden Nolte zum großen Einkaufszentrum in der Ortsmitte führen ließ, wo er mehrere mit Guthaben aufgeladene SIM-Karten kaufte.

Auf dem weiten, vor dem Einkaufszentrum liegenden Parkplatz setzte er sich zu Nolte in den Mustang und wechselte die Karte seines Mobiltelefons gegen eine der gerade erstandenen aus.

Dann rief er Hahne in Düsseldorf an.

Als sich die forsche Frauenstimme meldete, atmete Kahlberg auf. Allein ihr Klang schien ihm ein Rettungsring in dem tosenden Meer, in dem er gerade versank.

»Ich bin's, Kahlberg,« sagte er erleichtert.

»Ach Sie sind es, ich habe Ihre Nummer nicht erkannt.« Ihre Stimme klang trotz der nüchternen Feststellung erfreut.

»Es ist ein anderes Telefon«, wich Kahlberg aus und fiel dann mit der Tür ins Haus: »Ich brauche dringend eine Liste der letzten Anrufe, die von einem bestimmten Mobiltelefon aus getätigt worden sind.«

»Sie wissen doch, das geht nicht so einfach.«

»Es geht um Leben oder Tod.«

Einen Moment lang herrschte absolute Stille, als wäre das Gespräch unterbrochen worden. Dann sagte Hahne: »Also gut. Geben Sie mir die Nummer und ich rufe Sie in zwei Stunden zurück.«

»In einer Stunde.«

»Ich werde sehen, was ich tun kann.«

Er gab ihr Marías Nummer durch. Bevor er auflegte, sagte er ihr noch: »Und rufen Sie auf gar keinen Fall meine alte Nummer an.«

Nolte sah ihn erstaunt an. »Du meinst, dass wir abgehört wurden?«

»Nicht nur wir.« Kahlbergs Stimme wurde bitter. »Deswegen wussten sie genau, wo Ted mich treffen wollte und konnten dort einen Killer hinschicken, der in aller Seelenruhe auf ihn gewartet hat. Und auch María hatte deshalb keine Chance.«

Eine Familie schob lachend einen vollbeladenen Einkaufswagen zu ihrem Auto. Kahlberg musste an den Jungpolizisten mit seinem Verdacht einer Abhörapp denken. Er hatte damit gar nicht so falsch gelegen. Nur dass hier Vollprofis am Werk waren, die so etwas wie eine App nicht nötig hatten. Unverwandt ruhte Noltes fragender Blick auf Kahlberg. Schließlich sagte der: »Das hier ist eine Nummer größer, als ich dachte.«

KAPITEL DREIUNDZWANZIG

Lange schon hatte er sich nicht mehr in dem Raum aufgehalten. Er hatte Agata angewiesen, persönliche Gegenstände, Kerzenständer und Vasen herauszutragen und die Vorhänge aufzuziehen.

Sein Blick wanderte zufrieden durch das Zimmer. Im hellen Licht des Tages wirkte der Speiseraum mit seinem langen leergeräumten Eichentisch, auf dem schon seit so vielen Jahren kein festliches Gedeck mehr gestanden hatte, nun tatsächlich wie ein Konferenzzimmer. Ein schwerer Aschenbecher sowie ein Tablett mit Mineralwasser und geschliffenen Kristallgläsern vervollständigte das Bild. Es würde ein angemessener Ort für das Angebot sein, welches er zu unterbreiten beabsichtigte. Ein Angebot, das die Geschicke seiner Firma wieder zum Guten wenden würde.

In seinem Rollstuhl saß er am Kopfende des Tisches, den Blick der Tür zugewandt. Er sah auf seine Uhr, eine TAG Heuer, die er von seiner Frau zum zwanzigsten Hochzeitstag geschenkt bekommen hatte. Damals hatte er sie dafür getadelt, schließlich hatte sie sie zwangsläufig mit seinem Geld gekauft. Daraufhin war es zu einer kleinen Eiszeit zwischen ihnen gekommen, in die der Tod Adenauers und die erste Wirtschaftskrise der bis dahin nur an Wachstum gewöhnten Republik hineingeplatzt waren. Jene Uhr, das Einzige, was ihn noch mit jenem Jahr verband, zeigte nun an, dass sein Besuch jeden Moment eintreffen würde.

Bald darauf hörte er einen großvolumigen Wagen vorfahren, dann das Schlagen schwerer Türen, wenig später das Rasseln der Klingel. Es folgten Agatas Schritte zur Haustür, das Gemurmel von Stimmen und schließlich das Klopfen an der Tür des Speisezimmers.

»Herein«, sagte er so bestimmt er konnte.

Die Tür wurde geöffnet, Agatas Hand auf der Klinke. Zwei Männer standen neben ihr. Der erste von ihnen trat ein, sah sich rasch im Raum um, ohne den Alten eines Blickes zu würdigen, dann folgte der zweite, der beim Eintreten Agata kurz zunickte, worauf sie die Tür von außen schloss.

Die Männer standen einen Moment reglos im Zimmer, lauernd, als würden sie Witterung aufnehmen. Ihre teuren Anzüge saßen perfekt. Schließlich gab der zuletzt eingetretene dem anderen ein kurzes Zeichen, und dieser ging rasch zu den Fenstern und zog die Vorhänge zu.

Das Gesicht des stehengebliebenen Mannes schimmerte im Zwielicht, er blickte starr und ohne Regung auf den Alten.

»Setzen Sie sich doch«, sagte der und machte eine einladende Bewegung mit der Hand. »Agata ist dabei, Kaffee zuzubereiten.«

»Das wird nicht nötig sein.« Der Mann hatte sich nicht bewegt. Er sah den Alten ebenso ausdruckslos an wie zuvor.

Der war anfangs geneigt gewesen, etwas Sympathisches in dieses ebenmäßige Gesicht zu projizieren, mittlerweile wusste er es besser. Wenn dieser Mann Gefühle hatte, brachte er sie nicht mit zu ihren Treffen.

»Ich habe letzte Woche vergeblich versucht, Sie zu erreichen«, krächzte der Alte vorwurfsvoll. »Dabei brüsten Sie sich doch überall so sehr mit Ihrem Vierundzwanzig-Stunden-Service.«

»Wir haben unsere Geschäftsstelle verlegt«, entgegnete der Mann knapp, ohne dass in seinem Ton eine Entschuldigung mitschwang. »Aber Ihre Nachricht ist angekommen.«

»Und was denken Sie darüber?«, fragte der Alte ungeduldig.

Der Mann zuckte kaum merklich mit den Achseln. »Die Bilanz des letzten Quartals ist ausgezeichnet und …«

»Fragt sich nur, wie lange noch«, fiel ihm der Alte ins Wort.

Einen Moment lang fixierte ihn der Mann schweigend. Trotz dessen Ausdruckslosigkeit spürte der Alte, dass es ihm missfiel, unterbrochen zu werden.

»So lange wir es wollen«, sagte der Mann schließlich.

»Es muss aber dringend investiert werden, die Anlagen werden alt, die Produkte sind bald nicht mehr auf dem neuesten Stand.«

»Da gibt es eine andere Möglichkeit, die wir bevorzugen.« Zum ersten Mal huschte so etwas wie ein Lächeln über sein Gesicht. »Wir erhöhen die Importe. Die Gewinnspanne ist weitaus größer.«

Der Alte schüttelte den Kopf. »Auf gar keinen Fall. Ich war bereit, mich auf den Import von Fälschungen einzulassen und ihnen mein Siegel zu geben. Aber nun, da sich die Firma erholt hat, kann sie wieder aus eigener Kraft produzieren.«

Das Lächeln huschte erneut über die Lippen des Mannes. Seine Augen erreichte es nicht.

»*Wir* können jederzeit zu jemand anders gehen«, sagte er dann mit seidenweicher Stimme. »Aber wollen Sie wirklich noch erleben, wie Ihre Firma vor die Hunde geht?«

Die Hände des Alten krampften sich um die Lehnen des Rollstuhls. Ohnmacht breitete sich in ihm aus, als er begriff, dass er sich mit der Hoffnung, in seinem Gegenüber einen Partner für seine Pläne zu finden, nur selbst belogen hatte. Doch das endgültige Aus seiner Firma würde er nicht ertragen können. Nach ihm seinetwegen die Sintflut; aber er hatte schon zu viele Demütigungen über sich ergehen lassen müssen. Er blickte den Mann trotzig an. »Also gut, Sie mieses Schwein.«

Der gab ihm nicht die Genugtuung, sich die Beleidigung anmerken zu lassen. Ungerührt holte er ein Dokument und einen Kugelschreiber hervor. »Wir brauchen nur noch eine Unterschrift.«

Er legte das Schriftstück zusammen mit dem teuren Kugelschreiber vor dem Alten auf den Tisch. Der zögerte.

»Lesen Sie alles in Ruhe durch«, sagte der Mann mit wohlklingender Stimme. »Wir haben Zeit.«

»Was brächte das schon«, krächzte der Alte bitter, nahm den Kugelschreiber und unterschrieb ungelenk mit gichtiger Hand.

»Danke«, sagte der Mann und nahm Papier und Kugelschreiber wieder an sich. Dann wandte er sich an den anderen, der die ganze Zeit reglos bei den Fenstern gewartet hatte. »Zeit zu gehen.«

Ein letztes Mal fixierten die kalten Augen den Alten, ein kurzes Nicken. »Wir melden uns.«

Dann wandten sich die Männer zum Gehen.

Als draußen der Motor der schweren Limousine ansprang, betrat Agata den Speiseraum mit einem Tablett voller dampfender Tassen Kaffee. Ungehalten jagte der Alte sie mit einer brüsken Handbewegung wieder hinaus.

Dann wanderte sein Blick ruhelos durch den Raum, als könne er die Vergangenheit heraufbeschwören, in der der Tisch überquoll vor Speisen und fröhlich lachende Menschen sich um ihn scharten. Doch je mehr er sich an das Dämmerlicht gewöhnte, umso lebloser und verlassener wirkte alles.

KAPITEL VIERUNDZWANZIG

Die Hoffnungen vergangener Jahrzehnte in das Gewerbegebiet hatten sich nur teilweise erfüllt, fast ausschließlich Gebrauchtwagenhändler, kleine Werkstätten und Billigspeditionen hauchten dem weitläufigen Gelände dünnes, farbloses Leben ein.

Der schwarze Mustang stand vor einem großen, aber niedrigen Gebäude, das eine etwas andere Aura umgab. Kahlberg und Nolte blickten durch die Windschutzscheibe auf eine mit einer orangefarbenen Neonleiste durchzogene Fassade, die eine gewisse Ähnlichkeit mit dem Automatenkasino in Himmel aufwies. Das große, über der Eingangstür angebrachte rotleuchtende Herz wies allerdings auf anders geartete Vergnügungen hin. Hahne hatte eine Dreiviertelstunde nach Kahlbergs erstem Anruf zurückgerufen. Sie befanden sich zu dem Zeitpunkt bereits auf der Fahrt ins Ruhrgebiet und Kahlberg, in der ungewohnten Position des Beifahrers, hatte die Nummern der letzten Telefonate Marías erhalten. Vier von ihnen hatten nach dem Treffen im Parkhotel stattgefunden. Die erste der Nummern, die nur knapp eine Stunde später bei ihr eingegangen war, mochte von ihrem Freier im Hotel stammen, der sie ihr für spätere Dienste hinterlassen hatte. Dann hatte sie gegen Abend einen Anruf an eine unbekannte Nummer getätigt, ein Prepaid-Mobiltelefon, sein offizieller Besitzer war ein verstorbener Rentner aus Freiburg, und hatte einige Zeit darauf Nolte angerufen. Stunden später dann ihr Anruf bei Kahlberg. Erneut drückte diesen die Schuld, den Anruf nicht angenommen zu haben. Was, wenn er ans Telefon gegangen wäre? Würde María noch leben?

»Sie heißt Natascha«, sagte Nolte in die Stille hinein.

Kahlberg schrak aus seinen Überlegungen und fragte: »Mehr weißt du nicht über sie?«

Er steckte das Mobiltelefon mit Hahnes Textnachricht weg, die er wieder und wieder studiert hatte, als wären die Nummern der Telefonate der Schlüssel zur Wahrheit.

»María hat sie nur selten erwähnt«, antwortete Nolte. »Ich habe sie nie gesehen, nicht einmal auf einem Foto. Außer dass sie hier mit María gearbeitet hat und die beiden so etwas wie Freundinnen waren, weiß ich nichts.«

»Ich hoffe, sie arbeitet noch immer hier. In der Branche sind die meisten nicht besonders beständig«, sagte Kahlberg und begann erneut, die Karte seines Telefons zu wechseln.

»Was hast du vor?« fragte Nolte.

»Vielleicht muss ich da drin ein paar Anrufe machen und man soll meine Nummer nicht nachverfolgen können.«

Als Kahlberg fertig war, öffnete er die Tür. Bevor er ausstieg, sagte er zu Nolte: »Sei auf der Hut, bis ich wieder da bin.«

Er schlenderte zum Eingang unter dem roten Herzen und drückte auf den Klingelknopf.

Es öffnete ihm eine elegant gekleidete Frau um die vierzig und musterte ihn diskret. »Willkommen«, sagte sie dann und ihr stark geschminkter Mund verzog sich zu einem routinierten Lächeln.

Sie führte Kahlberg an die Bar, an der drei gelangweilte Frauen saßen. Als sie ihn sahen, lächelten sie ihm auffordernd zu. Er schien der einzige Mann zu sein um diese Uhrzeit, die Büros hatten noch keinen Feierabend und die Nacht war noch lange nicht hereingebrochen. Elektronische Musik pochte leise durch den Raum, dünn wie ein vages Versprechen oder eine belanglose Erinnerung. Er bestellte ein Bier. Flaschenbier, aber von einer guten Marke.

»Schauen Sie sich um, bis Sie wissen, was Sie wollen«, sagte die Empfangsdame und machte Anstalten, sich zurückzuziehen.

»Einen Moment noch.« Kahlberg lächelte sie freundlich an. »Man hat mir jemanden empfohlen, sie heißt Natascha.«

»Natascha?« Die Miene der Türdame hellte sich auf. »Ein tolles Mädchen. Ich werde sie sofort miteinander bekannt machen.«

Sie winkte einer der Frauen an der Bar zu, die von ihrem Hocker stieg. Eine hellhäutige Schönheit kam auf sie zu, ungefähr im gleichen Alter wie María, ihr kaum bedeckter Körper wohlgeformt. Die Jahre hatten nur an den richtigen Stellen anzusetzen begonnen.

»Da hat wohl jemand die Werbetrommel für dich gerührt, Natascha«, sagte die Türdame, bevor sie sich nun endgültig zurückzog.

»Hallo, wie geht es Ihnen?«, begrüßte Natascha Kahlberg mit slawischem Akzent und reichte ihm lächelnd ihre grazile Hand.

»Du sollst ja was ganz Besonderes sein«, sagte der und ließ die Frau auch nach dem Händedruck nicht los.

»Da gibt es schon ein paar, die das behaupten«, antwortete sie.

Kahlberg blickte sie unverwandt an. »Ich stehe auf normal, bis auf ein paar Kleinigkeiten.«

»Eure Kleinigkeiten können ganz schön groß sein und tun dann ziemlich weh«, sagte sie mit der Unschuldsmiene einer erfahrenen Hure.

»Und bei wie viel geht es los?«

»Bei siebzig.«

»Das tut *mir* jetzt aber weh.«

»Vielleicht kann ich ja noch die eine oder andere Kleinigkeit mit in den Preis einschließen.«

Kahlberg antwortete mit einem tiefen Schluck aus seinem Bier. Er verspürte keine Eile bei der Verhandlung, er hatte seinen Fisch an der Angel.

»Also gut«, beeilte sich Natascha. »Siebzig mit allen Kleinigkeiten, für die man mich zu loben pflegt. Aber keine mehr.«

»Es wird nicht halb so schlimm, wie du denkst.«

Kahlberg überkam das Gefühl, gerade eine große Lüge ausgesprochen zu haben, während er Natascha durch einen engen, nur schwach erleuchteten Flur folgte. Gekonnt bewegten sich ihre langen Beine auf den hohen Absätzen. Ihr war bewusst, dass sie seine Aufmerksamkeit in Beschlag nahm, und wiegte ihre Hüften mit besonders viel Einsatz.

Nataschas Zimmer erwies sich als klein und plüschig, mit billig auftapeziertem Goldschnörkel-Glamour auf weinrotem Grund. Durch die zugezogenen Vorhänge schimmerte Tageslicht. Das Bett schien frisch bezogen und noch nicht benutzt worden zu sein.

Kahlberg zog sein Portemonnaie, fischte ein paar Scheine heraus und gab sie Natascha.

Die ließ sie sofort in der Schublade des kleinen Nachttisches verschwinden und wies auf das Waschbecken, das wie ein deplatziertes Ausstellungsstück aus dem Baumarkt an der Wand hing. »Zieh dich aus und mach dich etwas frisch.«

Kahlberg zog seine Jacke aus und verspürte Erleichterung, seine Walther P99 mit dem Halfter im Wagen gelassen zu haben. Dann sagte er: »Wir sind doch bestimmt ungestört?«

»Was meinst du damit?«, fragte sie scheinbar verwundert.

»Viele Mädchen schinden Zeit, indem sie sich anrufen lassen.«

»Ach so.« Sie lachte und nahm ihr Telefon aus der Handtasche, die auf dem Nachttisch stand. »Das haben wir gleich.«

Sie machte sich daran, es auszuschalten.

»Und wo du es schon in der Hand hältst, können wir doch auch gleich unsere Nummern austauschen«, schlug Kahlberg eilig vor.

»Du weißt doch noch gar nicht, ob du wiederkommen willst«, sagte Natascha kokett, ließ das Gerät aber eingeschaltet.

»Doch. Sowas weiß ich auf den ersten Blick.« Schon hatte er sein Telefon in der Hand.

Sie sah ihn halb geschmeichelt, halb misstrauisch an. »Ich weiß nicht, lass uns nachher darüber reden.«

»Na komm schon.« Kahlberg grinste sie an, während er die Nummer des verstorbenen Freiburger Rentners aufrief und anwählte.

Nataschas Telefon begann zu schellen. »Entschuldige«, säuselte sie zu Kahlberg und meldete sich. »Ja, wer ist da?«

Kahlberg hob sein Telefon zum Mund: »Hallo Natascha, viele Grüße von María.«

Als sie Kahlbergs Stimme im Telefon hörte, sah sie ihn entgeistert an. »Was soll der Scheiß?«

»Der Scheiß ist, dass María tot ist«, knurrte Kahlberg. Sein Kopf wurde purpurrot und seine Halsschlagadern traten hervor wie Stahlseile. »Nachdem sie mit dir telefoniert hat.«

»María ist tot?«

Sie schien aufrichtig erschüttert zu sein.

»Man hat ihr die Kehle durchgeschnitten, weil sie etwas wusste, das auch du weißt.«

»Wer sind Sie?«, fragte sie mit unsicherer Stimme. Unbewusst hatte sie zum »Sie« gewechselt.

Kahlberg zeigte seinen Ausweis und tat es ihr nach. »Besser, Sie kommen mit mir. Sie sind auch nicht mehr sicher.«

Sie senkte den Blick, ihre Unterarme lagen schlaff in ihrem Schoß. Dann schüttelte sie den Kopf. »Nein. Wenn sie mich hätten töten wollen, hätten sie es längst getan.«

»Zwingen Sie mich nicht dazu, mit einem Haftbefehl wiederzukommen«, sagte Kahlberg eindringlich und verfluchte die Tatsache, dass er sie nicht einmal vorübergehend verhaften konnte, da sein Auftreten hier alles andere als legal war. Nur nichts anmerken lassen, dachte er und drohte: »Oder wollen Sie vor aller Augen für ein paar Stunden mitgenommen werden?«

»Das riskiere ich«, antwortete sie und fügte mit fester Stimme hinzu: »Außerdem habe ich mit María über nichts Wichtiges geredet, Sie müssen auf der falschen Spur sein.«

»Hören Sie«, sagte Kahlberg behutsam und setzte sich neben sie auf die Bettkante.

Natascha sprang auf. »Besser, Sie gehen jetzt«, drohte sie. »Oder ich rufe unsere Sicherheitsleute.«

»Ach kommen Sie«, knurrte Kahlberg. »Dieser Laden hier ist fauler als ein drei Wochen totes Pferd. Zwingen Sie mich nicht dazu, ihn dichtzumachen.«

Die Frau starrte schweigend auf Kahlberg hinab, als könne sie ihn allein mit Willenskraft in Luft auflösen.

»Wie Sie wollen«, seufzte er, stand auf, zog seine Jacke an und ging zur Tür. Bevor er hinaustrat, wandte er sich noch einmal zu ihr um.

»Das Geld können Sie übrigens behalten, auch wenn Sie nichts dafür geleistet haben.«

KAPITEL FÜNFUNDZWANZIG

Ein tiefblaues Samttuch hatte sich über den Himmel gesenkt und das rote Herz über dem Eingang strahlte auf morbide Weise einladend.

Nolte und Kahlberg behielten den Eingang unermüdlich im Auge. Ihr Zorn verscheuchte Erschöpfung und Hunger wie ein zähnefletschender Wachhund. Sie hatten nach Kahlbergs nachmittäglicher Kontaktaufnahme im Bordell zunächst das Gelände verlassen, nur um nach einer halben Stunde zurückzukehren und auf einem weiter entfernten und schwer einsehbaren Parkplatz Halt zu machen. Nun standen sie hier schon Stunden, und außer dem sporadischen Kommen und Gehen von Männern jeden Alters hatten sie nichts beobachten können. Wobei es schwer war, die einzelne Bedeutung jedes Kommens und Gehens zu deuten; die Kleidercodes hatten sich verschoben, und nicht jeder, der das Etablissement betrat, musste ein Kunde sein.

»Gibt es wirklich keine andere Möglichkeit, als hier nur zu warten?«, fragte Nolte schließlich.

»Näher werden wir nicht drankommen«, sagte Kahlberg und steckte sich eine Zigarette an. »Wenn wir es heute nicht schaffen, dann morgen.«

»Lass doch einfach den ganzen Laden hochgehen und mach dir wegen mir keine Sorgen.«

»Ich bin dann genauso dran.« Kahlberg flippte die Asche aus dem offenen Seitenfenster. »Ich habe vor über acht Stunden einen Mord entdeckt, den ich nicht gemeldet habe und betreibe hier Nachforschungen mit Telefonnummern, die ich nicht besitzen dürfte.«

»Du bist nicht der Typ, der Angst um seine Karriere hat«, entgegnete ihm Nolte und steckte sich ebenfalls eine Zigarette an.

Kahlberg nickte stumm. Bei anderen hätte die Feststellung den Nachgeschmack von Kritik gehabt, in Noltes Fall schwang Anerkennung darin. »Die Wahrheit ist, ich könnte den ganzen Laden auseinandernehmen lassen, aber man würde nichts finden. Natascha hat beschlossen zu schweigen und ist auf der sicheren Seite. Sie zu töten, würde jetzt zu viel Aufsehen erregen. Es ist unterm Strich für die Hintermänner günstiger, sie mit einer Abfindung in ihre Heimat zurückzuschicken.«

»Dann verstehe ich eigentlich nicht, warum wir hier noch rumsitzen.« Wie um dieser Feststellung nicht zu viel Gewicht zu verleihen, ließ sich Nolte tiefer in den Sitz sinken.

»Wir müssen Natascha nach Feierabend folgen und ihr woanders ins Gewissen reden.«

»In was?«, fragte Nolte spöttisch.

»Wenn gar nichts geht, nehmen wir sie mit.«

»Du meinst – entführen?«

»Sobald es für sie kein Zurück mehr in ihre Nische gibt, wird sie redseliger werden«, sagte Kahlberg und warf grimmig die Zigarette aus dem Fenster. »Glaub's mir.«

Sie versanken erneut in Schweigen, rauchten und schwiegen, schwiegen und rauchten. Der Himmel hatte nun jegliche eigene Farbe verloren und schimmerte im Widerschein der Städte in mattem Orange. Nur die hellsten Sterne waren zu sehen. Die Zeit schien ein lahmendes, großes Tier zu sein, das dabei war, die Welt zu verschlingen.

Zwei Männer traten in der Ferne lachend aus der Tür unter dem roten Herz. Dem Anschein nach hatten sie eine tolle Zeit verbracht. Sie bestiegen leicht schwankend ein wartendes Taxi und fuhren davon.

Im Rückspiegel bemerkte Kahlberg einen Mann, der sich auf dem Bürgersteig ihrem Wagen näherte. Die dunkle Silhouette hatte die Hände in die Hosentaschen gesteckt und die Schultern hochgezogen, den gesenkten Kopf bedeckte eine Kapuze. Es war nur eine schwache Eingebung, aber Kahlberg stieß Nolte an, der vor sich hindöste. »Lass den Motor an!«

Nolte warf ihm einen vor Müdigkeit glasigen Blick zu, folgte aber umgehend der Aufforderung. Grollend sprang der Motor an. Im gleichen Moment begann der Schatten zu rennen, ein schlanker, stählerner Block blitzte metallisch in seiner Hand.

»Er hat eine Pistole, gib Gas!«, schrie Kahlberg und zog seine Walther P99.

Der Mustang schnellte nach vorne, ein Schuss fiel, sofort darauf ein weiterer, Blei schlug auf Stahl.

Kahlberg lehnte sich aus dem Fenster und feuerte mit seiner P99 auf das erneut aufflammende Mündungsfeuer. Der Mann rannte unbeeindruckt hinter ihnen her, kam in den Lichtkegel einer Straßenlaterne und Kahlberg konnte für den Bruchteil einer Sekunde das Gesicht erkennen, durch das sich ein dünner Schnäuzer wie eine Tätowierung zog. Wieder zuckte ein Blitz auf in der Hand des Mannes, ein Schuss peitschte durch die Nacht und die Heckscheibe des Mustangs barst.

»Diese miese Ratte!«, fluchte Nolte mit eingezogenem Kopf und lenkte den Wagen tollkühn über die menschenleeren Straßen des Industriegebietes, bis der Mann im Rückspiegel endgültig verschwunden war. Dann bremste Nolte und funkelte zornig zu Kahlberg herüber. »Lass uns das Schwein schnappen!«

»Den bekommen wir nicht, das hier ist sein Terrain«, stellte Kahlberg resigniert fest. »Außerdem ist das hier verbrannte Erde. Besser, du fährst weiter.«

Unwillig gab Nolte Gas.

Sie bogen auf eine Landstraße in Richtung Hagen und reihten sich in den spärlich fließenden Verkehr ein. Kahlberg kramte seine Zigaretten hervor und hielt fluchend eine leere Packung in seiner Hand. Nolte bot ihm seine letzte an und sie teilten sie, während sie nach einer Tankstelle Ausschau hielten, um sich mit Nachschub zu versorgen.

Kahlberg bemerkte, dass Nolte schon seit geraumer Zeit wiederholt in den Rückspiegel blickte. »Was hast du?«

»Ich glaube, jemand folgt uns.«

In der Ferne tauchten die blauen Lichter einer Tankstelle auf.

»Dann wird's jetzt erst recht Zeit für Zigaretten«, sagte Kahlberg.

»Und wenn er wieder auf uns schießt?« Nolte war nicht ganz wohl bei dem Gedanken anzuhalten.

»Das wird er nicht. Nicht hier in aller Öffentlichkeit.«

Als sie sich der Tankstelle näherten, sahen sie, dass sie gut frequentiert war; mehrere der Zapfsäulen waren belegt. Etwas weniger besorgt bog Nolte ab und parkte den Wagen abseits der grellen Beleuchtung, damit die zersplitterte Heckscheibe und die Einschusslöcher kein Aufsehen erregten.

»Behalt den Rückspiegel im Auge«, mahnte Kahlberg, bevor er den Wagen verließ und zum Kassenhaus ging.

Als er mit zwei Schachteln Zigaretten wieder in den Wagen stieg, fragte er Nolte: »Und, siehst du ihn noch?«

Ein Stück hinter ihnen fuhr ein Wagen zusammen mit ihnen los. Nolte nickte. »Ja, da ist er, ich erkenne die Lichter. Es ist ein Mercedes CLA.«

»Häng ihn ab!«

Nolte trat das Gaspedal durch und der Mustang beschleunigte mit Urgewalt. Sie wurden in ihre Sitze gepresst, das Dröhnen des Motors erfüllte das Wageninnere. Mit kreischenden Reifen zwängte sich das mächtige Coupé vor einen schweren Lastkraftwagen auf die Landstraße. Sie hörten, wie die zornige Hupe des schweren Fahrzeugs immer tiefer klang, während der Mustang unverändert beschleunigte.

Ihr Verfolger tat es ihnen gleich. Er überholte den Lastwagen und blieb hinter ihnen.

Nolte fuhr den Mustang am Limit und bog ohne Ankündigung in eine kleine Landstraße. Alleebäume flogen vorbei und bildeten mit dem schmalen Asphaltband einen Tunnel, in deren Mitte ein zuckender Mittelstreifen die Richtung wies. Für einen Augenblick schien es, als hätte das Manöver den gewünschten Erfolg gebracht, doch dann sahen sie die Lichter des CLA erneut hinter sich aufleuchten.

Die Tachonadel stieg weiter im Uhrzeigersinn, der Mustang
scheute nervös, ein Rennpferd in einer zu engen Box, Nolte
korrigierte ihn konzentriert und ruhig. Kahlberg wünschte,
er selbst würde fahren und könnte so ebenfalls seine gesamte
Aufmerksamkeit auf einen Punkt im Hier und Jetzt konzentrie-
ren. Aber es blieb ihm nichts anderes übrig, als in den rasenden
Tunnel der Straße zu starren und Nolte zu vertrauen, während
die Alleebäume vorbeiflogen wie Litfaßsäulen mit der Ankündigung ihres Todes.

Nach zwei weiteren waghalsig genommenen Kreuzungen
konnten sie das andere Fahrzeug endlich nicht mehr im Rückspiegel sehen.

»Gib weiter Gas«, forderte Kahlberg Nolte auf und begann,
eine der Zigarettenschachteln zu öffnen. »Wir müssen auf
Nummer sicher gehen.«

»Und dann?«

»Erst einmal irgendwohin, wo man uns nicht findet.« Kahlberg zündete zwei Zigaretten an und gab eine davon Nolte.
Dann lehnte er sich in den Sitz zurück und verlor sich in dem
sie verschlingenden Asphaltrachen.

KAPITEL SECHSUNDZWANZIG

Sie hockten am Ende der nur umständlich zu erreichenden Landzunge, ihre Arme gegen die Kälte um die Jacken geschlungen. Aus der Ferne drang wie Meeresbrandung das Rauschen einer Autobahn. Die Temperatur war in diesen frühen Morgenstunden spürbar gefallen, doch sie wagten es nicht, ein Feuer zu machen, und noch immer hoben sie bei jedem Geräusch die Köpfe wie scheues, wachsames Wild.

Am anderen Ufer leuchtete von einem Kraftwerk her die Schrift des neuen, aufstrebenden Stromversorgers, dessen Broschüre Kahlberg in Teds Wagen gefunden hatte. Es glomm im gleichen Neonorange der Orte, die sie letztendlich hierhergetrieben hatten; es schien wie Hohn.

Überhaupt durchzogen Lichter die Nacht; ab und an ratterte ein Passagierzug über die Brücke, die jenseits des Zusammentreffens der beiden Flüsse die Ufer verband, und die erleuchteten Fenster blitzten zwischen den Stahlstreben stroboskopisch auf. Weiter entfernt, erhob sich an einer Bergflanke über dem Tal das Reiterstandbild Wilhelms des Ersten, welcher stur in die unergründliche Nacht jenseits der ihn hell erleuchtenden Scheinwerfer starrte. Am Himmel zogen die Positionslichter der Flugzeuge scheinbar gemächlich ihre Bahnen. Darüber die Sterne. Zu Hunderten standen sie am mondlosen Firmament und trotzten in dieser trockenen Nacht dem gelblichen Widerschein von Hagen und Dortmund.

Kahlberg empfand den Ort als das Ende. Das Ende der großen, von zwei Gewässern umflossenen Scholle, die dort begann, wo zwei Menschen ermordet worden waren, weil sie zu viel wussten. Das Ende seiner Suche nach diesem Wissen. Das Ende einer rasenden Flucht durch die Nacht. Das Ende einer nie begonnenen Liebe. Das Ende seiner Selbstachtung. »Das war's«, flüsterte er, während er auf das schwarze Band des Wassers starrte.

Nolte erhob sich stumm, zog ein letztes Mal an der Zigarette, die er im Mundwinkel hängen hatte, und schien eine Weile zu überlegen, in welchen der beiden Flüsse er sie werfen sollte. Schließlich entschied er sich für die Ruhr, denn sie floss zu seiner Rechten, der Seite, in der er den Stummel hielt.

Kahlberg sah, wie Nolte ihm den Rücken zugewandt gedankenverloren die Esche anblickte, die an der äußersten Spitze der Landzunge wuchs und diesen Platz zäh und hartnäckig verteidigt hatte. Sie war verwachsen und krumm, ihr Stamm von unzähligen Hochwassern vernarbt, ihre Äste wuchsen aus Stumpen hervor, die einst selbst, bevor die Strömung sie gebrochen hatte, Äste gewesen waren. Ein Baum, der sich, umgeben vom Quell des Lebens, immerfort unter Qualen selbst gebar.

Nolte wandte sich zu Kahlberg um, sein Gesicht schien entspannt, beinahe verklärt. »Ich habe hier schon oft gestanden wenn es nicht mehr weiterging und darüber nachgedacht, ob ich nicht besser von hier abhaue.«

»Und warum bist du geblieben?«

»Es gab da jemanden«, antwortete Nolte und sein Blick verlor sich in der Nacht. »Sie war das Beste, was mir je passiert ist. Wir hatten vor, ans Meer zu ziehen. Und dann wurde sie krank.« Sein Blick wurde hart. »Eine beschissene Krankheit, gegen die man nichts machen konnte. Sie verwelkte vor meinen Augen wie eine Blume, die nicht gegossen wurde. Dabei hätte ich einen Fluss für sie umgeleitet, wenn es was gebracht hätte.«

»Das tut mir leid«, sagte Kahlberg.

Nolte zuckte mit den Achseln. »Mein Leben war plötzlich leer und ich wollte nur noch weg von hier. Aber was sollte ich tun? Abhauen in eine der großen Städte und kellnern gehen? Auf irgendeiner Insel einen Chiringuito aus Palmwedeln bauen und beim Cocktailmixen alleinstehenden Touristinnen mittleren Alters zweideutige Witze erzählen?«

Kahlberg musterte ihn trocken. »Ganz schön beschissene Optionen.«

»Oder«, fuhr Nolte fort, »sich in Nordschweden an einem knisternden Kamin in langen Winternächten mit Selbstgebranntem langsam blindsaufen?«

»Ehrlich gesagt, fände ich das irgendwie passender.«

Beide grinsten, obwohl ihnen nicht danach zumute war.

Doch sofort wurde Nolte wieder ernst. »Du darfst nicht aufgeben«, sagte er. »Wir dürfen nicht aufgeben.«

»Es gibt nichts mehr, was wir noch tun könnten, Nolte«, sagte Kahlberg und schüttelte resigniert den Kopf. »Alle, die etwas wussten, sind stumm. Sogar die, die noch leben.«

»Nicht alle.«

»Ach nein?« Ein leichter Spott spielte um Kahlbergs Lippen. So werden Zyniker gemacht, dachte er zugleich verächtlich über sich.

Ein Güterzug ratterte über die Brücke, eine schwarze, schier endlose Kette von Waggons. Nolte steckte sich erneut eine Zigarette an, Kahlberg tat es ihm nach. Sie rauchten schweigend, bis das Geräusch des Zuges verebbt war.

Nolte, der die ganze Zeit gestanden hatte, hockte sich erneut zu Kahlberg und sah ihm eindringlich an. »Sie haben keine Ahnung, wie viel ich weiß. Ich kannte María besser als sonst jemand, sie müssen fürchten, dass ich sie mit etwas belasten kann.«

»Sie werden glauben, du hast es mir schon längst erzählt.«

»Warum sollte ich so ein kostbares Wissen mit dir teilen?« Nolte machte eine gespielte Unschuldsmiene. »Du hast dich hier als Schnüffler eingeschlichen, weshalb sollte ich dir trauen oder überhaupt wissen, dass du ein Bulle bist?«

Kahlberg schüttelte den Kopf. »Spätestens seit unserem Bordellbesuch ist ihnen klar, dass du weißt, wer ich bin.«

»Da hast du recht«, sagte Nolte. »Aber sie müssen auch denken, dass ich dich auf Nataschas Spur gebracht habe. Und damit können wir sie aus der Reserve locken.«

»Wie blöd glaubst du, sind die?«, fragte Kahlberg bewusst herablassend.

»Blöd genug, um sich eine gute Gelegenheit nicht entgehen zu lassen.«

»Und die wäre?«

Nolte erhob sich. Hoch über ihm befand sich der Kaiser zu Pferd im ewigen Schweinepass. Die Flüsse vereinten sich. Das Kraftwerk dampfte. Er holte tief Luft und sagte dann: »Wenn ich versuchen würde, ihnen mein vermeintliches Wissen zu verkaufen.«

Kahlberg verzog abschätzig sein Gesicht und schnippte seine Zigarette fort. Er wählte dafür die Lenne. »Das stinkt doch nach billiger Bullenfalle.«

Nolte blieb unbeeindruckt. Die Esche reckte trotzig ihre Zweige in den dunklen Himmel.

»Nicht, wenn wir Folgendes machen …«

KAPITEL SIEBENUNDZWANZIG

Polizeisirenen erfüllten die Luft. Zunächst als ferne, atonal verstimmte Klänge, dann lauter werdend, bis sie schließlich ohrenbetäubend, vom nervösen Aufflammen der Blaulichter begleitet, von den Einsatzfahrzeugen dröhnten, welche auf die kleine Brücke des Sägewerkes abbogen. Kahlberg stand am Straßenrand und wies ihnen den Weg. Welch ein Auftritt, dachte er. Hier feiert man Verhaftungen als Schützenfest. Die Fahrzeuge hielten auf dem Platz vor dem alten Ziegelbau, Beamte sprangen heraus, schusssichere Westen angelegt, ihre Waffen gezogen. Ein Bild wie im Fernsehkrimi, gewiss hatten es alle vor sich, wenn auch nur unterbewusst.

Auch Wiesenkötter war ausgestiegen, ein rundliches Insekt mit einem schusssicheren Panzer, und ließ es sich nicht nehmen, persönlich an die Stahltür zu trommeln. »Aufmachen, Polizei!«, brüllte er sein Filmzitat herunter und wies dann, als keine Antwort kam, den Beamten mit dem Rammbock an, die Tür aufzubrechen. Der Akt hatte etwas Authentisches, schon weil die Tür dem ersten Rammstoß standhielt. Dann jedoch gab sie nach und ein halbes Dutzend Beamter stürmte mit gezückten Waffen ins Innere.

Plötzlich erklang ein dumpfes Grollen. Hinter einem Berg Sägespäne kam der Mustang hervorgeprescht, die Reifen wühlten im Staub wie Hufe eines wütenden Stiers. Einer der wenigen Beamten, die noch draußen vor dem Gebäude standen, schrie überrascht auf, zog seine Pistole und zielte auf den Wagen, der auf die kleine Brücke zuraste. Kahlberg musste wild mit den Armen fuchteln, um darauf hinzuweisen, dass er mitten in der Schusslinie stand. Zum Glück merkte es der Beamte rechtzeitig und senkte die Waffe, während Kahlberg seine eigene Pistole zog und vage in Richtung des Mustangs feuerte, der an ihm vorbeiraste. Der Wagen bog unbeirrt auf die Landstraße und verschwand mit brüllendem Motor. Als die übrigen Beamten verdutzt aus dem Sägewerk ins Freie traten, war der Spuk bereits vorüber.

Kahlberg steckte die Pistole zurück in sein Brusthalfter und ging zu den anderen. »Verdammter Mist, ich könnte schwören, ich habe ihm ein paar Kugeln verpasst.«

Wiesenkötter stemmte die Fäuste in die Hüften, was ihn noch klobiger und käferartiger aussehen ließ, und sagte mit gespielter Gelassenheit, während das Adrenalin seine Augen glänzen ließ: »Machen Sie sich keine Sorgen, Kahlberg, der kommt nicht weit.« Dann fiel ihm etwas ein, das für eine rasche Verfolgung noch ausstand. Er eilte zu einem der Einsatzwagen und verlangte hektisch per Funk eine Großfahndung.

Die anderen Beamten sahen Kahlberg erwartungsvoll an.

»Na, da habt ihr aber eine schöne Nuss geknackt, Männer«, lobte der väterlich und trat durch die aufgebrochene Stahltür.

Der Vorraum machte einen so ungemütlichen und verwohnten Eindruck wie zuvor. Das Kraftwerk produzierte fleißig Strom. Die Kunstlampen bestrahlten noch immer die Plantage. Doch sie war nun zur Hälfte abgeerntet, dutzende der Hanfpflanzen hingen kopfüber von der Decke. Allerdings schien es Kahlberg, als wäre sämtliches fertig fermentiertes Gras fortgeschafft worden; von ihm fehlte jede Spur.

Wiesenkötter trat schnaufend neben ihn und blickte in die Runde. »Da kann man mal sehen, was dieses Zeug aus einem macht.«

»Wir wissen noch nicht, was passiert ist«, beschwichtigte Kahlberg.

Der große Käfer blähte die Backen. »Bah, ist doch sonnenklar. Ein kleiner Zuhälter dreht mit dem Kopf voller Drogen durch, bringt das Mädchen, das für ihn auf den Strich geht, um und sucht das Weite.«

Kahlberg musste beinahe schmunzeln. Wie schnell doch hatte Wiesenkötter seine nicht sehr glorreich verlaufene Verhaftung in seine Legendenbildung eingebaut. Noltes Flucht formte bereits einen Teil seiner kriminellen Handlungen und ging nicht etwa aufs Konto überforderter Provinzpolizisten. Natürlich behielt Kahlberg für sich, dass für Wiesenkötter nie eine Chance bestand, ihn zu stellen. Dafür hatte er selbstverständlich gesorgt.

»Und beinahe hätte ich neulich ein Geständnis aus ihm rausgequetscht«, seufzte Wiesenkötter. »Ich habe es genau gespürt, dass er auch Ted Jones auf dem Gewissen hat.«

Er trat in der Pose des siegreichen Feldherrn in die Mitte der Plantage, sein Blick wanderte besitzergreifend über die Anlage. Kahlberg meinte, eine Spur von Neid in Wiesenkötters Gesicht zu entdecken. Hier hatte für lange Zeit eine Parallelwelt existiert, die sich nicht um die herrschenden Gesetze gekümmert hatte. Und nichts faszinierte einen Gesetzeshüter mehr als das Illegale.

Dann schüttelte Wiesenkötter den Kopf. »Schade nur um das Mädchen. Ein wirklich hübsches Ding.« Und fügte an Kahlberg gewandt hinzu: »Für eine Schwarze zumindest.«

Beinahe wäre ihm sein schrilles Lachen rausgerutscht. Als er jedoch Kahlbergs Gesichtsausdruck sah, sparte er es sich.

KAPITEL ACHTUNDZWANZIG

Kahlberg hatte sich bald aus dem Sägewerk zurückgezogen. Unter dem Vorwand, ein längeres Gespräch mit Düsseldorf führen zu müssen, war er hinausgegangen, in den Nissan gestiegen und fortgefahren.

Er fuhr durch die bereits warme Morgensonne, die Landschaft leuchtete im phosphoreszierenden Grün der Wiesen, das mit dem dunklen Oliv der die Berge überziehenden Fichten kontrastierte.

Nach ein paar Kilometern bog er in einen unbefestigten Waldweg, der nach kurzem Verlauf zwischen grauen, in militärischer Ordnung stehenden Baumreihen auf ein sonniges Feld führte und vor einer in dessen Mitte stehenden windschiefen Scheune endete.

Er parkte den Wagen am Wegesrand und ging in Richtung des Scheunentors. Über ihm erklang ein knatterndes Geräusch. Kahlberg legte den Kopf in den Nacken und blinzelte in den Himmel. Ein Polizeihubschrauber zog suchend seine Bahnen. Die Staatsmacht war aufgeschreckt wie eine Wespenkolonie nach einem gezielten Steinwurf. Kahlberg ging weiter, erreichte das Tor und gab das vereinbarte Klopfzeichen. Das alte Holz klang dumpf und morsch.

Die kleine, ins Tor eingelassene Personentür wurde geöffnet und Nolte lugte heraus. »Komm rein.«

Kahlberg trat ins Dunkel der fensterlosen Scheune, Licht drang nur vereinzelt durch Spalte zwischen den Brettern und dem Bereich, wo die knorrigen Dachbalken auf den Wänden auflagen. Im Zwielicht konnte Kahlberg den im Hintergrund geparkten Mustang erkennen sowie alte Ackergerätschaften und Strohballen, die unter einer Plane hervorlugten.

»Beinahe hättest du mir eine Kugel verpasst«, sagte Nolte vorwurfsvoll und bot Kahlberg eine Zigarette an.

»Du hast das Theater gewollt, du hast es bekommen«, entgegnete der, bediente sich freimütig und gab beiden Feuer. »Ich bin sicher, du beherrschst deine Rolle perfekt.«

Nolte blies den Rauch nachdenklich in den weiten Scheunenraum. »Ich hoffe es.« Dann fügte er trocken hinzu: »Bei dem Rummel da draußen wird jedenfalls bald jeder wissen, dass ich gejagt werde.«

»Das hätten wir hinbekommen.«

Als Kahlberg Wiesenkötter zu Marías Leiche geführt und den Verdacht geäußert hatte, Nolte sei der Täter, war der Polizeihauptkommissar sofort Feuer und Flamme für den bombastischen Einsatz gewesen, der noch immer andauerte.

Sie rauchten eine Weile schweigend. Es herrschte düstere Stille. Sie wussten, die nächste Handlung, die nächsten Worte, würden etwas Unabänderliches in Bewegung setzen.

Schließlich brach Kahlberg das Schweigen. »Bist du immer noch sicher, dass du es tun willst?«

Nolte zeigte das verwegene Grinsen eines Piloten vor einem gefährlichen Einsatz. »Ein bisschen spät, um sich das zu überlegen, findest du nicht?«

Kahlberg gab Nolte eine Karte für sein Mobiltelefon. »Denk daran, nur diese zu benutzen, wenn du mich anrufst. Und wähl nur meine neue Nummer.«

»Natürlich.«

Nolte steckte die Karte sorgfältig ein.

»Hast du eine Waffe?«, fragte Kahlberg.

»Ja.«

»Zeig sie mir.« Kahlberg streckte fordernd die Hand aus.

Einen Augenblick zögerte Nolte, dann zog er eine Glock aus dem Gürtel unter seiner Lederjacke und reichte sie Kahlberg, der sie eingehend prüfte. Sie befand sich in einem ausgezeichneten Zustand.

»Hast du schon mal mit ihr geschossen?«

»Ein paar Bäume hat's dabei erwischt.«

Er gab Nolte die Pistole zurück. »Ich hoffe, du wirst sie nicht brauchen.«

»Da bin ich anderer Meinung«, knurrte der und steckte sie zurück in seinen Gürtel.

Die Sonne warf durch die Spalte zwischen den Brettern leuchtende Linien auf den staubigen Boden, die mit der Zeit langsam zu ihnen herüberkrochen. Kahlbergs aufgekratzte Wahrnehmung schien die schleichende Bewegung wie in Zeitraffer zu registrieren.

»Mach jetzt den Anruf«, sagte er.

Nolte nahm sein Telefon, wählte die Nummer und wartete, bis sich jemand meldete. »Hallo Natascha? Ich bin Nolte, der Beschützer von María. María Cervantes. Leg jetzt nicht auf! Du weißt wahrscheinlich nicht, wer ich bin, aber ich kenne dich. Sag deinen Bossen, sie sollen Hunderttausend in kleinen Scheinen bereit halten, oder die Wahrheit über den Tod von Ted Jones und María kommt ans Licht. Ich melde mich in einer halben Stunde wieder.«

Er legte auf, ohne eine Antwort abzuwarten, und sah Kahlberg fragend an. »Meinst du, sie wird es weitergeben?«

»Sie ist im Bordell direkt zu ihren Herren gelaufen und wird es wieder tun. Erst recht jetzt, wo du ihnen gedroht hast.«

»Tja, dann werde ich wohl mal los müssen«, sagte Nolte und ging in den hinteren Teil der Scheune. Er zog ein paar Strohballen und die Plane zur Seite. Unter ihr erschien der Quattro. Der Lack glänzte frisch poliert.

»Wie ich sehe, hast du ihn gut behandelt«, stellte Kahlberg etwas wehmütig fest. Der Wagen hätte in diesem Zustand eindeutig besser in die Sammlung eines Liebhabers gepasst als an diesen staubigen Ort.

»Ich behandele meine Autos immer gut«, entgegnete Nolte, während er zum Mustang ging. »Unter anderen Umständen würde ich Tränen weinen wegen des Zustandes von dem hier.« Er öffnete die von Kugeln durchlöcherte Kofferraumklappe und holte ein großes Paket heraus.

»Das hatte ich mir schon gedacht«, sagte Kahlberg bei dessen Anblick. »In der Halle war kein Krümel fermentierten Grases mehr zu finden.«

Nolte trug das Paket zum Quattro und legte es auf die Rückbank. »Wenn ich glaubwürdig auf der Flucht sein soll, muss ich mir erst mal das dafür nötige Kleingeld beschaffen.«

»Denk daran, dabei so viel und lange wie möglich mit deiner alten Nummer zu telefonieren.«

»Natürlich.«

Die beiden Männer blickten sich schweigend an.

»Viel Glück«, sagte Kahlberg schließlich und gab Nolte die Hand.

Der nickte ihm noch einmal zu, dann stieg er in den Quattro und ließ den Motor an, der mit sonorem Brummen zum Leben erwachte. Als er an Kahlberg vorbeirollte, ließ er das Fenster herunter und warf ihm einen Schlüssel zu.

»Verpack den Mustang unter der Plane.«

»Deine Räuberhöhle wird tipptopp sein.«

»Fein, dann gibt's auch eine Belohnung.« Nolte spannte Kahlberg mit einem breiten Grinsen auf die Folter. »Du bekommst deinen Quattro zurück.«

Kahlberg zog erstaunt die Brauen hoch.

»Unter Freunden fährt man nicht um so hohe Einsätze«, erklärte Nolte und hob die Hand zum Abschied.

Kahlberg erwiderte den Gruß. »Pass auf dich auf.«

Vorsichtig fuhr Nolte den Wagen aus der Scheune und lenkte ihn über den holprigen Feldweg.

Kahlberg blickte ihm nach, bis er von den Bäumen verdeckt wurde. Unten auf der Landstraße tauchte der Quattro wieder auf. Mit dezent aufdrehendem Motor beschleunigte er und verschwand hinter der nächsten Kurve.

Eine Weile blinzelte Kahlberg in den sonnigen Tag und rauchte. Insekten brummten, Autos rauschten vorbei. Auf dem Feld standen Margeriten, ihr Weiß durchsprenkelt mit dem Blau des Vergissmeinnichts. Am Horizont erstrahlte ein Rapsfeld in unwirklichem Gelb und Windräder reckten ihre sich drehenden Flügel in den makellos blauen Frühsommerhimmel.

Kahlberg nahm den Moment von Ruhe und Frieden in sich auf, fest entschlossen, ihn zu bewahren, als wäre er der letzte,

den er je erleben würde. Dann begann er, den Mustang zuzu-
decken.

KAPITEL NEUNUNDZWANZIG

Gegen Nachmittag war es unerträglich schwül geworden und Quellwolken hatten begonnen, den Himmel zu bedecken. Kein Lufthauch regte sich, die Windräder im fernen Rapsfeld ragten starr und reglos in die dunstgeschwängerte Luft.

Nolte hatte sich einmal gemeldet und mitgeteilt, dass er das Gras zu einem Ramschpreis an die Kasinogang verhökert hatte. Nun würde sich die Nachricht seiner Flucht auch in ihren Kreisen mit der Geschwindigkeit eines Lauffeuers verbreiten. Doch seitdem wartete Kahlberg bereits Stunden vergebens auf den entscheidenden Anruf.

Er wischte sich den Schweiß von der Stirn und prüfte zum wiederholten Male misstrauisch die Anzeige seines Telefons, als müsste dessen Schweigen einen verborgenen, technischen Ursprung haben. Dann steckte er es mürrisch fort, ging zu seinem Wagen und holte eine Flasche aus dem Fußraum des Beifahrersitzes, in der sich noch ein Rest Wasser befand. Gerade als er sie zum Trinken ansetzte, begann das Telefon in seiner Hosentasche zu vibrieren. Etwas von der lauwarmen Brühe spritzte aus dem Mundwinkel über seine Kleidung, er fluchte und zog hastig das Telefon hervor.

»Sie wollen mich sehen!«, drang Noltes nervöse Stimme an sein Ohr.

»Wo?«, presste Kahlberg hervor.

»Du folgst der Ruhr vom Sägewerk aus zehn Kilometer flussabwärts und nimmst dann die Abfahrt rechts in ein Dorf. Dort biegst du erneut in die nächstgrößere Straße. Nach ein paar Kilometern triffst du dann auf eine Landstraße und hältst dich dort links. Du kannst dich nicht vertun. Sobald du durch den trostlosesten Ort fährst, den du je gesehen hast, bist du da.«

»Wo genau bist du dort?«

»Weiß ich noch nicht«, sagte Nolte und fügte hinzu: »Ich melde mich.«

»In Ordnung, bis später.«

Kahlberg hörte als Antwort nur ein Knacken. Nolte hatte aufgelegt.

Er steckte sein Telefon zurück in die Tasche und stieg in den Nissan. Die Informationen, die er hatte, mussten erst einmal reichen.

Der Wagen zog bei seiner eiligen Fahrt über den holprigen Feldweg eine Staubfahne hinter sich her. Als Kahlberg die Landstraße erreicht hatte, gab er unter Missachtung jeglicher Geschwindigkeitsbegrenzung Vollgas. Schließlich befand er sich auch offiziell auf Verbrecherjagd. Der Nissan war kein Quattro, zog aber zuverlässig seine Bahn. Wenig später schon fuhr er am Sägewerk vorbei. Noch waren wenige Autos auf der Straße, doch bald dürfte der Feierabendverkehr einsetzen. Kahlberg trat das Gaspedal durch, um ihm zuvorzukommen.

Er fand die Abzweigung, die Nolte erwähnt hatte, und durchfuhr einen Ort, dessen gepflegtes Bild mit der stark befahrenen Straße rang. Er bog wie geheißen in die nächste Seitenstraße und bald umgab ihn erneut grüne Landschaft, bis er zu einem weiteren Ort gelangte. Zwischen altehrwürdiges Fachwerk schoben sich braungelb verklinkerte Fassaden. Die dahinter lebenden Bewohner dürften seit über einem Jahrzehnt ihre Hypotheken abbezahlt haben und nun mit einem Bein im Rentenalter stehen. Der Traum vom Eigenheim in Reinkultur.

Kahlberg entkam diesen Zeugnissen im Fleiß verwirkter Leben deutlich oberhalb des Geschwindigkeitslimits. Ein Starenkasten blitzte auf. Mit schönem Gruß an die Dienststelle.

Die Straße wurde mit jedem Kilometer schmaler und die Sonne war hinter sich auftürmenden Wolken verschwunden. Auf einer Bergkuppe ragten bizarre Felsen aus dem Wald, die vorgelagerten Felder links und rechts der Straße waren übersät mit schweren Gesteinsbrocken, als hätte ein zorniger Zyklop einen der Felsen von der Kuppe gerissen und in seiner Faust zermalmt wie morsches Holz.

Es folgte ein Wald bar jeglichen Geheimnisses und schließlich mündete der Asphalt in die von Nolte angekündigte Landstraße. Kahlberg bog links hinein und wurde bald von einer Lastwagenkolonne aufgehalten, die sich mit schnaufenden Motoren durch die Topographie mühte. Beinahe wäre ihm bei dem ungeduldigen Drängeln hinter dem Tross entgangen, dass das enge Tal sich zu einer Brache geweitet hatte. Der Ort glich in seiner Trostlosigkeit Noltes Sägewerk, nur gänzlich ohne Sägewerk und daher umso trister. Kahlberg war angekommen.

Er überquerte eine Brücke, fuhr er den Wagen an den Straßenrand und stieg aus. Während sich die Lastwagen langsam entfernten, begutachtete Kahlberg die Brache, durch die sich eine weitverzweigte Gleisanlage zog. Zwischenzeitlich musste hier eine Verladestation für vom letzten Jahrhundertsturm gefällte Bäume gewesen sein, vereinzelt rotteten noch immer Stämme und abgelöste Rinden vor sich hin. Dünn hingestreute Arbeiterhäuser säumten eine Talseite. Was immer hier existiert haben mochte, es hatte nicht nur bessere Zeiten gesehen, sondern war spurlos verschwunden.

Kahlberg steckte sich eine Zigarette an und blies den Rauch in die immer stickiger werdende Nachmittagsluft. Er würde warten müssen, bis Nolte sich meldete und ihm durchgab, wo genau er sich befand. Der Himmel zog sich mehr und mehr zu, Kahlbergs Haut juckte von Schweiß und Staub. Er wünschte sich ein Gewitter herbei, einen Befreiungsschlag der Natur, den er mit seinem eigenen sekundieren würde. Sein Blick wanderte über die Talsohle, die sich derart eben vor ihm ausbreitete, als hätten Bulldozer eine kleine Stadt dem Erdboden gleichgemacht. Das Grün der Bäume hatte eine gräuliche Farbe angenommen.

Das Telefon klingelte. Eilig hob Kahlberg es ans Ohr.

»Wo bist du?«, hörte er Nolte fragen.

»Ich blicke auf den trostlosen Ort«, antwortete er und vernahm ein erleichtertes Aufatmen.

Dann sagte Noltes Stimme: »Ich bin beim Bahnhof. Sie sagen, ich soll hier warten.«

Kahlberg blickte ins Tal. Das Bahnhofsgebäude lag nur ein paar hundert Meter entfernt.

»Ich bin gleich bei dir«, sagte er, beendete das Gespräch, stieg in den Wagen und fuhr los.

Er hielt vor dem Bahnhofsgebäude, kramte eine verschmierte Sonnenbrille und eine zerknautschte Basecap aus dem Handschuhfach und setzte beides auf. Dann stieg er aus und begab sich zum Eingang.

Kahlberg rüttelte an der Tür. Doch sie schien schon Jahre verschlossen zu sein, ein grobes Brett war von innen als Riegel vorgeschoben worden. Erst jetzt bemerkte er den verfallenen Zustand des Gebäudes und ihm kamen Zweifel, dass er sich an der richtigen Stelle befand. Er trat etwas zurück und entdeckte den Quattro, der verlassen auf einem kleinen Parkplatz stand. Von Nolte allerdings konnte er weit und breit nichts sehen und so ging er eilig um den Bahnhof herum. Auf einem der zwischen den Gleisen gelegenen Bahnsteige entdeckte er ihn schließlich.

Kahlberg stieg die Treppe zur Unterführung hinab und durchquerte den fleckigen, engen Tunnel. Der scharfe, faulige Geruch von Urin drang in seine Nase.

Als er wieder an die Oberfläche gestiegen war, ging er direkt vor Nolte entlang, ohne ihn anzusehen, und blieb in einigen Metern Entfernung stehen. Ein kurzer Blick zwischen ihnen reichte als Vereinbarung, unauffällig abzuwarten. Dann beugte sich Kahlberg über sein Mobiltelefon, als sei er in eine ausufernde Konversation aus Textnachrichten verwickelt, und beäugte seine Umgebung über den Rand der Sonnenbrille hinweg.

Der Bahnsteig war einst mit einem gläsernen Windschutz versehen worden. Die wenigen noch verbliebenen Scheiben waren zersplittert und die Farbe löste sich von den rostenden Rahmen. Außer Kahlberg und Nolte gab es noch einen Jungen mit einem Longboard, der auf dessen Überhang immerfort mit seinem Fuß trat, so dass eine der Achsen sich in die Luft hob und mit lautem Klappern auf die Bodenplatten zurückfiel, eine Frau mit rosafarbener Baumwolljacke und ergrauten Haaren, die abwesend in die Richtung starrte, in der sie den Zug erwartete, und ein schwarzhaariger Mann mit dunkler Sonnenbrille, der reglos auf einer der Bänke saß. In der Ferne arbeiteten zwei Gleisarbeiter in ihren leuchtenden Westen. Auf der anderen Seite des Gleises befand sich das Bahnhofsgebäude mit seinen toten, dunklen Fensterhöhlen. Ein Stück daneben standen einige ausrangierte Passagierwaggons. Bei Eisenbahnnostalgikern, für die sie hier wohl aufgestellt worden waren, mussten sie Albträume verursachen; denn nicht einmal in deren Fantasie ließen sie sich mehr über die kurzen Schienenstummel bewegen, auf die gerade noch die Räder passten.

Die Zeit verlief träge. Nur das Klappern des Longboards und ein ab und zu über die Straße fahrendes Auto unterbrachen die wortlose Stille. Schließlich kam in der Ferne ein kurzer, roter Triebwagen angerollt wie eine große metallene Raupe und fuhr an dem Bahnsteig ein, auf dem alle warteten.

Er hielt mit klagenden Bremsen und entlud eine Handvoll Feierabendpassagiere ins Niemandsland des Tales, während die Frau mit der rosafarbenen Jacke und der Junge mit dem Longboard einstiegen.

Kahlberg behielt unauffällig den Mann mit der dunklen Sonnenbrille im Auge, der nach wie vor reglos auf der Bank saß. Plötzlich durchfuhr diesen ein Ruck und er sprang, wie von der Tarantel gestochen, in den wartenden Zug. Hinter den dunklen Gläsern seiner Brille mussten ihm beim Warten die Augen zugefallen sein.

Nach und nach zogen die Ausgestiegenen an Kahlberg und Nolte vorüber. Lachende Teenagermädchen mit Pfirsichhaut. Gegerbte Arbeiter mit verkniffenen Mundwinkeln. Ein Rentnerpärchen, das es nicht eilig hatte. Die meisten von ihnen machten sich nicht die Mühe, die unwirtliche Unterführung zu nehmen, sondern überquerten vom recht flachen Bahnsteig aus direkt die ohnehin so gut wie toten Gleise.

Schließlich rollte der Zug an. Der Bahnsteig hatte sich geleert und die Menschen schienen sich in alle Richtungen verstreut zu haben. Nur ein kleiner drahtiger Mann mit einer grauen Windjacke war zurückgeblieben. Als Kahlberg sich entfernte, wobei er wie ein kurzsichtiger Narr auf das Display seines Telefons starrte, sprach der Mann Nolte an.

Zunächst hatte Kahlberg den Eindruck, er frage ihn nach der Uhrzeit oder dem Weg, aber schnell vertiefte sich die Konversation. Nolte nickte und machte eine entschiedene Geste, während die Hände des Mannes tiefer in die Taschen seiner Jacke glitten.

Für einen Sekundenbruchteil schielte Nolte zu Kahlberg hinüber. Noch bevor der wieder konzentrierte Versunkenheit in den Bildschirm seines Telefons vortäuschen konnte, waren die Augen des kleinen Mannes Noltes Blick gefolgt und hatten das Theater durchschaut. Seine Hand zuckte aus der Jacke, eine Pistole im Anschlag. Bevor sich Nolte auf ihn stürzen konnte, fiel ein Schuss, die Kugel zischte knapp an Kahlberg vorbei und durchschlug die letzte unversehrte Scheibe des Bahnsteigs. Mit einem Satz war Kahlberg bei dem kleinen Mann, der nun mit Nolte rang, und streckte ihn mit einem gezielten Faustschlag zu Boden.

»Das Schwein hätten wir«, stellte Nolte fest.

»Moment«, sagte Kahlberg und blickte um sich. Die wenigen Menschen, die sich noch vor dem Bahnhofsgebäude befanden, rannten eilig in Deckung oder hatten bereits hinter irgendetwas Schutz gesucht. »Killer kommen nicht mit dem Zug.«

»Es sei denn, sie werden abgeholt«, fügte Nolte hinzu und duckte sich, während seine Hand zur Glock fuhr.

Plötzlich stöhnte er auf und sackte in sich zusammen. In seiner rechten Schulter klaffte ein Loch, in dem sich das Gewebe seiner Jacke mit seinem Fleisch vermischte.

Kahlberg stieß Nolte die Treppe zur Unterführung herab, sprang hinter ihm her, zog seine P99 und äugte über die oberste Stufe in die Richtung, aus der der lautlose Schuss gekommen sein musste. Eines der erblindeten Fenster der abgestellten Eisenbahnwaggons war einen Spalt heruntergelassen.

Im gleichen Augenblick, als Kahlberg in die Unterführung hechtete, zischte ein Projektil an ihm vorbei und schlug in die gegenüberliegende Wand.

Er rannte wie vom Teufel gejagt durch den engen Schacht und die Treppe auf der anderen Seite hinauf. Als er die Zufahrt zum Bahnhof erreichte sah er, wie ein Mann ein Gewehr in einen neben dem Waggon stehenden Alfa warf und hinter das Lenkrad sprang. Der Motor heulte auf und eine Fontäne aus Schotter und Staub stieg hinter dem Wagen auf, als er direkt auf Kahlberg zuzurasen begann.

Der stellte sich breitbeinig auf die Straße und zielte auf den sich nähernden Wagen. Seine Lungen brannten, sein Herz dröhnte als Kriegstrommel in seinem Kopf. Er drückte ab und der trockene Schlag des Rückstoßes fuhr durch seinen Körper. Der Wagen beschleunigte weiter. Noch ein Schuss. Der Alfa schaltete einen Gang höher. Ein weiterer Schuss. Der Motor gewann an Drehzahl. Kahlbergs Beine wollten zur Seite springen, schon schien es kaum mehr möglich, dem heranrasenden Kühlergrill zu entkommen. Doch diesmal würde er keinem Wagen das Feld räumen, würde er nicht verlieren. Er konnte das Weiß im Auge des Fahrers sehen als sich der nächste Schuss löste. Der Alfa begann zu schlingern, für einen Augenblick schien es, als würde das Heck die Front überholen, dann fing sich der Wagen und zog in einer langgestreckten Kurve haarscharf an Kahlberg vorbei. Der wirbelte auf dem Absatz herum und sah den Alfa mit einem dumpfen, metallischen Krachen in einen vor dem Bahnhof geparkten Kastenwagen rasen.

Dann herrschte Stille. Einen Augenblick blieb Kahlberg benommen stehen, schließlich lief er zu dem Wagen hinüber, wachsam geduckt, die Pistole im Anschlag. Als er den zerstauchten Alfa erreichte, sah er den Kopf des Fahrers auf dem geöffneten Airbag ruhen. Talkum umwaberte ihn als feiner Nebel.

Kahlberg öffnete die Tür und zog den Fahrer in den Sitz zurück, ohne die Pistole von ihm abzuwenden. Die Augen des Mannes starrten ins Leere. Mitten auf seiner Stirn klaffte ein blutiges drittes Auge, das Kahlbergs Kugel hineingebohrt hatte. Der Mund stand halb offen, wie zu einem nicht mehr vollendeten Schrei. Über die Oberlippe zog sich ein dünner, präzise rasierter Schnäuzer. Mit Erstaunen registrierte Kahlberg, dass er echt war.

»Einen Arzt«, hörte er jemanden rufen. »Wir brauchen einen Arzt.«

Die Stimme kam vom Bahnsteig. Eilig überquerte Kahlberg die Gleise. Ein Streckenarbeiter kniete neben Nolte auf der Treppe der Unterführung, ein Mobiltelefon am Ohr. Daneben lag, noch immer reglos, der kleine Mann. Kahlbergs Schlag hatte gut gesessen. Er zog seinen Polizeiausweis, während er eilig die letzten Schritte zurücklegte. Im Näherkommen sah er, dass Nolte bei Bewusstsein war. Blut sickerte aus seiner Wunde an der Schulter. Kahlberg kniete sich zu ihm.

»Kannst du mich verstehen?«

Noltes Augenlider flatterten, doch er fragte: »Hast du ihn erwischt?«

»Ja.« Und wie zur Bestätigung: »Er ist tot.«

Nolte grinste ein wenig gequält. »Wäre mal wieder Zeit für eine Spritztour.«

»Jederzeit.«

Der Streckenarbeiter sprang erregt auf, als ihm endlich jemand am Telefon antwortete und begann, auf die Notrufannahme einzureden.

Kahlberg sah, dass die Glock noch immer in Noltes Gürtel steckte. Sie hatte ihm wohl trotzdem das Leben gerettet, als er sich bewegt hatte, um sie zu ziehen. Der Schuss hätte sonst seinen Brustkorb und nicht die Schulter erwischt. Kahlberg nahm die Waffe diskret an sich, besser, man fand sie nicht bei ihm.

Ein Blitz durchzuckte das Dämmerlicht unter den schweren Wolken und kurz darauf drang ein tiefes Grollen durch das Tal. Schwere Tropfen begannen, in immer schnellerer Folge dunkle Flecken auf den trockenen Boden zu säen.

Kahlberg lächelte Nolte aufmunternd zu.

»Du wirst es schaffen.«

Der kleine Mann saß schweigend und reglos auf einem der zwei Stühle im Raum, nur sein rechtes Bein wippte nervös auf der Fußspitze. Sein Gesicht war leicht verschwollen. Er hatte sofort auf einen Arzt und einen Anwalt bestanden und war anschließend in Schweigen verfallen.

Kahlberg beobachtete ihn am gleichen Bildschirm, an dem er auch Noltes Verhör gesehen hatte. Dabei nagte er nervös am Nagel seines Mittelfingers, eine Angewohnheit, die er eigentlich vor Jahren aufgegeben hatte. Die Ankunft von Arzt und Anwalt hatte er so weit wie möglich hinausgezögert, nun aber dürfte es nur noch Minuten dauern, bis sie einträfen.

»Der singt nicht«, sagte der Beamte, der neben ihm saß. Es war derselbe, der ihm auch vor wenigen Tagen etwas linkisch am Computer sekundiert hatte.

»Vielleicht, vielleicht auch nicht«, entgegnete Kahlberg. Dann griff er entschlossen zur Maus, klickte durch das Menü und fuhr den Computer herunter.

»Was machen Sie da?«, fragte der Beamte überrascht, als die Bildschirme schwarz wurden.

Kahlberg war aufgestanden und hatte schon die Tür geöffnet. »Starten sie ihn einfach wieder neu«, erwiderte er und verließ den Raum.

Eilig ging er durch den Flur. Er hatte nur wenige Sekunden, bis der Computer wieder hochgefahren worden wäre. Vor dem Verhörzimmer stand ein Beamter Wache. Er grüßte bei seinem Anblick und entriegelte die Tür.

Kahlberg betrat den Raum und zog sofort die Tür hinter sich ins Schloss. Nach zwei Schritten stand er vor dem kleinen Mann. Der blickte zu ihm auf und versuchte abzuschätzen, was er von Kahlberg zu erwarten hatte. Er hatte sich noch nicht entschieden, ob er arrogant grinsen oder besser in Opferpose klagen sollte, als Kahlberg ihm eine schallende Ohrfeige gab.

Der Überraschungsmoment befand sich auf Kahlbergs Seite. Sein Schlag hatte die tiefsten Schichten des Mannes erreicht, der ihn verdattert anstarrte, während sich eine leichte Rötung über die geschwollene Wange zu ziehen begann und für einen Moment schien es, als träten ihm tatsächlich Tränen in die Augen. Das ungeliebte Kind im Augenblick väterlichen Jähzorns.

Kahlberg nahm den freien Stuhl, setzte sich rittlings auf ihn, stützte den Oberkörper auf die Lehne und beugte sich zu dem Mann vor. Der Computer müsste nun wieder hochgefahren sein und würde das Bild eines gewöhnlichen Verhörs aufzeichnen. »Und nun erzählst du mir, wer euch geschickt hat.«

Kahlbergs Gegenüber starrte ihn trotzig an. Für einen Moment bedauerte dieser es, ihn nun nicht mehr ungesehen schlagen zu können, andererseits wusste er, dass er seine Abwehr ins Wanken gebracht hatte und jede weitere Anwendung von Gewalt sie nur wieder stärken würde.

»Ich habe Zeit«, sagte er ruhig, holte seine Zigaretten hervor und bot dem Mann eine an.

Der akzeptierte zögerlich, Kahlberg bediente sich selbst und gab beiden Feuer.

Der Mann inhalierte gierig und blies den Rauch an die Zimmerdecke. »Wo ist mein Anwalt?«, fragte er dann.

»Dein Anwalt wird dir nicht helfen können«, sagte Kahlberg. »Du bist hier wegen des Mordes an Ted Jones, María Cervantes und des versuchten Mordes an Klaus Nolte. Du kannst von Glück sagen, wenn wenigstens der wieder auf die Beine kommt.«

»Ich habe niemanden umgebracht«, antwortete der Mann. Es lag nichts Verteidigendes in seiner Stimme, es war lediglich die Feststellung einer Tatsache.

»Beihilfe zum Mord reicht in diesem Fall, um dich für Jahre hinter Gitter zu bringen«, stellte Kahlberg ebenso leidenschaftslos fest. »Aber natürlich wirst du als Killer gefürchtet und geachtet werden, deine Leute werden dir Taschengeld zukommen lassen, Zigaretten, Drogen und ab und zu ein Mädchen. Und nach ein paar Jahren bist du aufgrund guter Führung wieder draußen, weil dein Anwalt was von seiner Arbeit versteht.«

Der kleine Mann hob zur Antwort nur kurz die Brauen. Es sollte heißen: Und was willst du dagegen tun?

Kahlberg beugte sich weiter vor, sein Gesicht berührte beinahe das des Mannes und seine Finger begannen, auf der Lehne einen Trommelwirbel zu schlagen, der den Raum erfüllte. Kein Lippenleser und kein Tontechniker würden je rekonstruieren können, was er nun flüsterte: »Du wirst nicht als Killer in den Knast gehen. Wenn du da ankommst, werden alle schon wissen, dass du wegen ein paar kleiner Jungs einsitzt. Und du kannst mir glauben, da drinnen gibt es so einige, die es auf solche Typen wie dich abgesehen haben und sie am eigenen Leibe erfahren lassen wollen, wie sich das so anfühlt für kleine Jungs. Und bevor deine Leute und dein Anwalt das richtigstellen können, bist du schon keine Jungfrau mehr. Und ich werde dafür sorgen, dass du von Knast zu Knast wanderst und immer die gleiche Geschichte erleben wirst. So lange, bis es anfängt, dir Spaß zu machen.« Kahlberg hörte auf zu trommeln und richtete den Oberkörper auf. »Es ist allein deine Entscheidung.«

Der Mann sah ihn eine Weile an. Die Zigarette in seiner Hand war zu einem langen Stück Asche heruntergeglüht. Er bemerkte es nicht. »Sie wissen, ich kann nicht reden.«

Kahlberg nickte. »Ich weiß.«

Er hatte nicht viel Zeit. Sobald der Anwalt käme und Wiesenkötter erneut hier herumtrampelte, wäre die Chance vertan. Er würde seine Karten auf den Tisch legen müssen.

Er zog ein Foto vom Tatort hervor. Es zeigte die von Ted mit seinem eigenen Blut geschriebenen Buchstaben M und A. John, Paul, George und Ringo grinsten dahinter. Dann verlor sich die Spur von Teds Fingern am Rande des Posters. Der Moment seines Todes.

»Hast du irgendeine Ahnung, wofür die Buchstaben stehen?«

Ihr Blick war lang, beinahe vertraut. Denn wie bei Freunden oder Liebenden suchte er auf der jeweils anderen Seite die Wahrheit, oder zumindest die erlösende Spiegelung der eigenen, so unerträglich vom Rest der Welt getrennten Existenz. Dann, fast unmerklich, nickte der Mann.

»Ist es ein Name?« Kahlbergs Stimme war rau vor Erregung.

Wieder nickte der Mann.

»Ein Mann?« »Aus dem Wintersportort?« »Hinzugezogen?« »Deutscher?« »Jung?« »Alt?« »Einflussreich?« »Verheiratet?« »Witwer?«

Schnell hatte Kahlberg ein Profil zusammen, das nur auf sehr wenige Personen, wahrscheinlich sogar nur auf eine einzige, passen würde. Er erhob sich und nickte dem Mann zum Abschied zu. Er sparte sich das Danke, auch wenn er beinahe so etwas wie Dankbarkeit empfand.

Er hatte sich bereits zur Tür gewandt, als Wiesenkötter hereingestürmt kam. »Draußen ist der Anwalt, was soll ich tun?«

»Lassen Sie ihn rein, bei dem Typen da sind Hopfen und Malz verloren«, sagte Kahlberg und wies mit einer verächtlichen Kinnbewegung auf den Mann.

»Bei so einem würde ich gerne mal dürfen, wie ich wollte«, knurrte Wiesenkötter.

»Wie geht es Nolte?«, wechselte Kahlberg eilig das Thema.

Wiesenkötter rümpfte die Nase. »Diese Typen gehen einfach nicht kaputt.«

»Finden Sie nicht, wir sind ihm etwas Respekt schuldig?«, fragte Kahlberg.

»Dem?«, empörte sich Wiesenkötter. »Glauben Sie, der hat auch nur einen Finger gerührt aus Achtung vor dem Gesetz? Er war nur auf seinen Vorteil aus. Sobald er wieder auf den Beinen ist, wird er einem mit seinem nutzlosen Leben erneut die Arbeit schwermachen.«

Kahlberg trat dicht an Wiesenkötters Ohr und flüsterte, unhörbar für den Mann am Verhörtisch und das Raummikrofon: »Noch so ein Schwachsinn, Wiesenkötter, und ich werde Ihnen die Fresse dermaßen polieren, dass Sie sich den Rest des Jahres nur noch im Dunkeln wohlfühlen werden.«

Dann klopfte er ihm kollegial auf die Schulter und verließ den Raum, ohne sich noch einmal umzublicken.

Mit geschlossenen Augen saß der Alte im exakt richtigen Abstand vor den Lautsprecherboxen. Die rhythmische Atonalität des Orchesters bahnte sich ihren Weg aus der abgenutzten Rille der Schallplatte wie ein mit Trümmern beladener Tsunami.

Vor dem inneren Auge des Alten türmten sich Fabriken zu surrealen Landschaften, stählerne Brücken spannten sich zwischen Halden, Schlote rauchten gleich erwachender Vulkane. Dann Harmonie. Eine weite, sanfte Ebene breitete sich aus, bevor ein gezackter Riss sie durchfuhr. Und zu so etwas hat er getanzt, ging es ihm durch den Kopf und er versuchte, die Gedanken an seinen Sohn zu verdrängen. Erneut fing die Musik ihn ein und trug ihn mit sich fort. Sein Gehör schien das einzige vom Alter noch nicht in Mitleidenschaft gezogene Organ zu sein.

Daher nahm er durch die Musik hindurch ein Knirschen wahr. Er öffnete die Augen und sah die groß gewachsene Silhouette eines Mannes in der offenen Terrassentür stehen. Er trug schwere Schuhe, Jeans und eine Lederjacke. Sein Gesicht blieb im Dunkeln verborgen. Hastig tastete der Alte nach der Fernbedienung in seinem Schoß, doch sie fiel bei dem ungelenken Kontakt mit den Fingern auf den Boden.

»Wer sind Sie?«, rief der Alte heiser gegen das einsetzende Crescendo an.

Die Gestalt in der Terrassentür trat einen Schritt vor. Nun konnte der Alte kurze, blonde Haare erkennen und blaue, rotgeäderte Augen, die ihn mit kaltem, zornigem Feuer anblickten.

»Maywald? Adolf Maywald?«, fragte der Mann. Sein Mund zog sich als harte Narbe durch sein unrasiertes Gesicht.

»Was wollen Sie?«, hauchte der Alte kaum hörbar durch die tosende Musik.

»Das wissen Sie genau.«

»Was?« Der Alte blickte verständnislos. »Wer sind Sie?«

Der Mann trat endgültig in den Raum.

»Mein Name ist Kahlberg.«

Seine Hände waren zu Fäusten geballt, die Knöchel traten weiß hervor. Die Geigen kreischten.

Der Alte hatte die Hände auf die Greifreifen des Rollstuhls sinken lassen. Aus den Augenwinkeln fixierte er das Notrufarmband, das er neben der Stereoanlage liegen hatte. »Mögen Sie Schostakowitsch?«

»Er ist mir einerlei«, sagte Kahlberg.

»Mich macht er jetzt wirklich etwas nervös«, stellte der Alte fest und bewegte seinen Rollstuhl auf die Stereoanlage zu. Noch drei Meter, dachte er, und er würde den Knopf drücken können.

Aber Kahlberg hatte seinen Plan durchschaut. Mit schnellen Schritten war er neben dem Alten, der sich zum Notrufknopf reckte und stieß ihn zurück, mit mehr Kraft als notwendig gewesen wäre, denn der Rollstuhl mitsamt dem Alten stellte sich auf ein Rad und begann wie in Zeitlupe umzukippen. Das Dröhnen der Streicher und Bläser begleitete den Aufschlag. Der Alte lag japsend auf der Seite, mit schmerzverzerrtem Gesicht hielt er sich eine Schulter, der Sauerstoffschlauch war von der Flasche gerissen.

Kahlberg betrachtete ihn ungerührt. »Kennen Sie Ted Jones?«

Der Alte schüttelte röchelnd den Kopf.

»Aber María Cervantes, die kannten Sie.«

»Kannte?«, brachte der Alte mühsam hervor.

»Sie ist tot.«

Kahlberg ging ohne Hast zu dem alten Sofa, über dem ein großformatiges Gemälde hing. Ein herbstgoldener Laubwald zog sich darauf ein Tal hinab, welches sich zu einer bis zum Horizont reichenden Ebene öffnete, auf die eine spätnachmittägliche Sonne durch aufbrechende Wolken hindurch letzte leuchtende Flecken warf.

Er nahm eines der alten handbestickten Kissen vom Sofa und ging zurück zu dem Alten, der nach wie vor japsend am Boden lag.

»Ich hatte erst meine Zweifel, ob Sie der Richtige sind«, sagte er und beugte sich langsam zu ihm hinunter. »Aber als ich wieder vor dem Haus stand, das María vor vier Tagen betreten hatte, wurde mir klar, dass Sie der Mann sind, den ich suche.«

Er näherte das Kissen dem Gesicht des Alten. Es würde wie ein Unfall aussehen.

»Aber ich habe nichts mit Marías Tod zu tun«, ächzte der.

»Und warum hat mir dann Ihr Auftragsmörder Ihren Namen gegeben, Maywald?«

»Ein Auftragsmörder?«

»María und Ted waren dabei, einige schmutzige Sachen aufzudecken und haben dafür mit dem Leben bezahlt.« Kahlberg fixierte den Alten mit kaltem Hass und näherte das Kissen ein Stück weiter dessen Gesicht. »Ihre schmutzigen Sachen.«

»Aber ich bin nur ein Strohmann!«, krächzte der Alte und starrte Kahlberg aus weit aufgerissenen Augen an.

»Ein Strohmann? Sie mit Ihrem Imperium?« In Kahlberg formte sich ein spöttisches Lachen, doch nur ein Zähneblecken kam hervor.

»Das ist lange her«, beeilte sich der Alte. »Bevor die Billigprodukte den Markt fluteten. Ich ging pleite und bin es eigentlich immer noch.«

»Sie und pleite?« Kahlberg schüttelte verächtlich den Kopf. »Ich habe mich informiert.«

»Ich habe es vertuscht, bis dieser Mann kam.«

»Was für ein Mann?«

»Er sagte, er könne meine Firma retten. Mit neuen Ideen. Ich ging darauf ein und merkte zu spät, um was für Ideen es sich handelte. Aber ich machte gute Miene zum bösen Spiel.« Für einen Moment verloren sich seine Gedanken in der damals ersehnten Zukunft. »Ich hoffte, die Zeiten würden sich wieder ändern.«

»Ich verstehe kein Wort von dem, was Sie da sagen«, knurrte Kahlberg. Seine Hand mit dem Kissen näherte sich dem Gesicht des Alten beharrlich wie eine Schrottpresse.

»Wir stellten fast die gesamte Produktion ein«, hauchte der. Seine Stimme klang wie entweichende Luft aus einem spröden Schlauch. »Dann begannen wir, Billigprodukte zu importieren, denen wir unser Siegel gaben. So, als wären sie von uns hergestellt worden. Die Gewinne stiegen und der Mann, der mein Teilhaber geworden war, verdiente mit. Scheinbar redlich verdientes Geld.«

»Wer ist dieser Mann?« Kahlbergs Blick bohrte sich in das wächserne Antlitz unter ihm.

»Das spielt keine Rolle. Sie werden ihn nicht finden. Und selbst wenn. Auch er ist nur ein Strohmann von etwas viel Größerem.«

»Und das soll ich Ihnen glauben?«

»Warum, denken Sie, hat man Ihnen meinen Namen genannt?« Zwischen den mühsam hervorgepressten Worten rasselte sein Atem, der Mangel an Sauerstoff hatte sein Gesicht blau anlaufen lassen. »Wenn ich einer der Drahtzieher wäre, hätten Sie ihn nie erfahren.«

Kahlberg verharrte über den Alten gebeugt, seine das Kissen haltende Rechte war erstarrt. Sein Blick wanderte ziellos durch den Raum, bis er auf das Gemälde über dem Sofa fiel, auf seine warmen Farben und den orangefarbenen Flecken Lichts, welche die späte Sonne über das Land streute. Etwas drang aus seiner Erinnerung, etwas, das er über Stunden betrachtet hatte ohne ihm eine Bedeutung beigemessen zu haben. Die Erkenntnis kam so plötzlich und umfassend, als hätte Ted das Wort ausgeschrieben, als wäre die Wahrheit die ganze Zeit für alle Welt sichtbar gewesen.

Er sprach den Namen laut aus und bemerkte am Blick des Alten, dass es der richtige war. Kahlberg ließ das Kissen fallen und richtete sich auf. In der mit Büchern und Schallplatten gefüllten Regalwand, die die Stereoanlage beherbergte, befand sich eine Bar. Die Flaschen mit edlen Spirituosen waren beinahe zur Gänze leer. Offensichtlich trank Maywald keinen Alkohol mehr. Kahlberg fand eine nicht angebrochene Flasche Cognac. Sie machte einen edlen Eindruck. »Hennessy Paradis«

stand auf dem Etikett. Der Name gefiel ihm. Er nahm die Flasche vom Regal und trat hinaus ins Freie, ohne den Alten eines weiteren Blickes zu würdigen. Schostakowitsch begleitete ihn, während er durch den Garten um das Haus und zurück zur Straße ging.

Als er den Quattro erreichte, spendete der Anblick des Wagens ihm diesmal keinen Trost. Ein Auto konnte das Leben verschönern. Den Abgründen ihren Schrecken nehmen konnte es nicht.

Als er hinter dem Lenkrad Platz genommen hatte, sah er, wie zunächst im oberen Stockwerk des Hauses und dann im Treppenhaus das Licht anging. Gleich würde jemand den Alten finden.

Kahlberg öffnete den Cognac und nahm einen tiefen Schluck. Dann zog er sein Telefon hervor. Er hielt sich nicht mit dem Wachhabenden im Düsseldorfer Präsidium auf, sondern rief Hahne direkt an. Sie meldete sich verschlafen, doch Kahlberg fragte dessen ungeachtet: »Sie kennen doch sicher Maywald-Elektroartikel?«

»Wollen Sie mir etwa um diese Uhrzeit welche verkaufen?«, kam die etwas ungehaltene Gegenfrage.

»Ted Jones muss entweder auf Fälschungen davon gestoßen sein, oder er war hinter Geldwäschern und Menschenschiebern her.«

»Eine ganz schön große Bandbreite für eine einzige Story«, sagte Hahne wenig überzeugt.

»Allerdings«, entgegnete Kahlberg trocken. »Jedenfalls hat er so nach und nach ein noch viel größeres Puzzle zusammengesetzt, bevor man ihn zum Schweigen brachte.«

»Und was zeigt dieses Puzzle?«

Hahnes Stimme klang nun etwas interessierter.

»Einen Kraken«, sagte Kahlberg. »Ted Jones musste sterben, weil er auf eine Organisation gestoßen war, die Geld mit Prostitution und wahrscheinlich noch anderen Dingen macht und nun dabei ist, in die Wirtschaft zu investieren. Oder vielmehr, sie zu unterwandern.«

Es fügte sich noch unvollständig zusammen, aber es rechtfertigte die nächsten Schritte. In wenigen Stunden würde es überall von Beamten der Spurensicherung und Buchhaltungsexperten wimmeln.

»Gut gemacht«, lobte Hahne nun hellwach, nachdem sie den Ausführungen gelauscht hatte.

»Noch etwas«, beeilte sich Kahlberg, bevor sie auflegen konnte. »Sehen Sie bitte zu, was Sie für Nolte tun können. Seine Plantage war kein Kräutergarten, aber ohne ihn wären wir nie so weit gekommen.«

Einen Moment herrschte Schweigen am anderen Ende der Leitung.

»Geht in Ordnung«, kam es dann zurück und Hahne beendete das Gespräch, ohne dass Kahlberg noch etwas hätte sagen können.

Er steckte den Zündschlüssel ins Schloss, zögerte aber, ihn umzudrehen, während er an Ted Jones dachte. Mit Sicherheit hatte er von Maywald und einigen Herren kompromittierende Fotos geschossen. Die waren wohl für immer verloren, aber selbst wenn Maywald bereit wäre auszusagen, würde er wahrscheinlich niemanden identifizieren können. Die Zwischenhändler pflegten gesichtslos und bei Zugriff über alle Berge zu sein. Er kannte all die ähnlichen Fälle aus Düsseldorf. Bestenfalls fand man immer nur einen Sündenbock. Aber die, die im Hintergrund die Strippen zogen, bekam man nie zu fassen. Sie waren schlau und gut organisiert und hatten vorsorglich ihre Spuren bis zur Unkenntlichkeit verwischt. Wahrscheinlich waren sie so dreist, ihm unerkannt bei den Ermittlungen über die Schulter zu sehen. Sie waren es, die den Ausgang der Dinge kontrollierten, nicht er, Kahlberg.

Er nahm einen weiteren tiefen Schluck aus der Cognacflasche und spürte, wie sich allmählich der Alkohol um seine überreizten Nerven zu legen begann.

Dann ließ er den Wagen an und trat das Gaspedal durch. Während die nächtliche Landstraße unter ihm dahinflog, musste er wieder und wieder an die Buchstaben denken, die

Ted mit seinem Blut geschrieben hatte. MA hatte weder MAría bedeutet noch MArihuana. Auch MAywald war eine falsche Spur gewesen. Der kleine Halunke in der Verhörzelle hatte Kahlbergs Offenbarung der Anfangsbuchstaben eiskalt ausgenutzt.

Er dachte an die plötzliche Eingebung, die er beim Anblick des Gemäldes gehabt hatte. Das orangefarbene Licht, das sich über das Land streute. Die Spielhalle, das Bordell; und schließlich das Kraftwerk gegenüber seinem und Noltes Refugium auf der Landzunge. Ted hatte im Todeskampf versucht, sein Wissen in das dafür eindeutigste Wort zu fassen. In orangefarbenen Lettern hatte es im Handschuhfach seines Wagens geprangt: MAx-Energie.

Er blinzelte vorsichtig und Licht fiel wie beißende Säure auf seine Netzhaut. In seinem Schädel grub ein Zahnarztbohrer winzige Kapillare, in denen seine Gedanken zu kreisen begannen, als wären sie in einem Teilchenbeschleuniger gefangen und erzeugten bei den unvermeidlichen Kollisionen ihrer Widersprüche schmerzhaft gleißende Blitze.

Stöhnend richtete sich Kahlberg auf. Er befand sich auf einer geschwungenen Tropenholzliege, genau wie vor Tagen, als er auf dem Gipfel seinen Latte macchiato genossen hatte. In der Nähe durchfloss ein Rinnsal eine mit Naturstein gepflasterte kreisrunde Terrasse.

Ein unwiderstehliches Verlangen nach Wasser meldete sich aus jeder Zelle seines Körpers und konzentrierte sich in seiner staubtrockenen Kehle. Mühsam stand er auf und stolperte über die Flasche Hennessy, die am Boden lag. Sie war leer. Unscharf formte sich in seinem Gedächtnis die Erinnerung an eine nächtliche, betrunkene Autofahrt, an einen gleißenden Sternenhimmel, an den Geschmack des Cognacs. Eine weitere verschwommene Erinnerung versuchte in sein Bewusstsein zu dringen, aber er vermochte sie nicht klar vor Augen zu rufen.

Er musste würgen und kämpfte die Masse, die in seiner Speiseröhre aufstieg, zurück. Dann wankte er zum Rand der Terrasse, die hangwärts von einer flachen Mauer umschlossen wurde. Auf der sanften Steigung darüber stand ein kleiner Stein, der, einer Grabschrift gleich, einen verwitterten Text trug. Kahlberg gelang es, die ersten Worte zu entziffern. Er hatte sie doch noch gefunden, die Ruhrquelle.

Schwankend setzte er sich auf die flache Mauer. Mit dem Strom des Wassers kehrte die undeutliche Erinnerung an die letzte Nacht zurück und allmählich sah er seine Begleiter wieder vor seinem inneren Auge. Sie hatten hier neben ihm gesessen.

Eine schöne schwarze Frau und ein kleiner drahtiger Engländer mit schmalrandiger Brille. Sie hatten kein Wort gesagt, ihn nur schweigend mit durchschnittenen Kehlen angeblickt und stumm verlangt, was er nicht für sie hatte finden können. Gerechtigkeit. Denn der Mörder hatte sich als bloßer Handlanger einer weitaus größeren Gewalt entpuppt. So groß, dass Kahlberg nur Ohnmacht empfand, wenn er daran dachte.

Da fiel ihm ein, dass heute Teds Beerdigung war. Er würde sich beeilen müssen, wollte er noch rechtzeitig in Himmel eintreffen. Matt kniete er an dem kleinen Rinnsal nieder, um daraus zu trinken. Als er den Kopf senkte, explodierte darin ein grelles Feuerwerk, der Zahnarztbohrer begann, auf Hochtouren zu laufen. Charles Manson grinste, das tätowierte Hakenkreuz tanzte auf seiner Stirn und er flüsterte: Ich bin niemand.

Der Würgereiz kehrte mit aller Macht zurück. Diesmal konnte Kahlberg ihn nicht unterdrücken und übergab sich in die Rinne zu seinen Knien. Mit glasigen Augen sah er zu, wie das Erbrochene träge vom Wasser davongeschwemmt wurde. Wie eine gigantische Naturkatastrophe in einer Miniaturlandschaft bewegte sich die trübe Brühe durch das immer breiter werdende Bett Richtung Himmel, Hagen, Duisburg, Rotterdam.

An einer zentralen Stelle des Romans kommen Hauptkommissar Kahlberg vermeintliche Jäger ins Gehege. Mehr sei hier natürlich nicht verraten, falls Sie mit der Lektüre der Rezepte beginnen. Aber es stimmt schon, das Sauerland bietet einige beliebte Jagdreviere, daher haben wir uns vom Landsberger Hof in Arnsberg zwei Wildrezepte geben lassen, und eines für eine Suppe vorweg.

TOMATENKORIANDERSUPPE

Rezept für 4 Personen

Zutaten:

>   8 mittelgroße Tomaten
>   25 ml Olivenöl
>   1 Knoblauchzehe
>   1 Zwiebel
>   Zucker
>   Salz
>   Pfeffer
>   10 g Tomatenmark
>   200 ml Gemüsebrühe
>   6 g geröstete Koriandersamen
>   1 Baguette
>   20 g Butter

Zubereitung:

Tomaten vierteln, mit Zucker und Olivenöl beträufeln und bei 180 °C im Backofen anschwitzen.

Baguette in Scheiben schneiden, mit Olivenöl und Butter bestreichen, auf das Backblech legen und im Backofen anbräunen lassen.

Zwiebeln würfeln und in Olivenöl langsam glasieren, geschälten Knoblauch und Tomatenmark dazugeben. Mit den geschmolzenen Tomaten auffüllen, Brühe zugeben, würzen, pürieren und mit geröstetem, grob gemahlenem Koriander abschmecken. Dazu die Baguettescheiben reichen.

HIRSCHLEBER IN ZWIEBACKMANDELKRUSTE MIT ORANGENSPITZKOHL

(auch als kleine Portion, z. B. Vorspeise, geeignet)

Zutaten:

- 800 g Hirschleber (sehr frisch)
- 200 g gehackte Mandeln
- 2 Scheiben Zwieback
- 1 Kopf Spitzkohl
- ½ Zimtstange
- 1 TL Senfkörner
- ½ TL Kümmel
- ½ EL Zucker
- 2 cl Grand Marnier
- 1 cl Pernod
- ¼ TL Curry
- 3 Tropfen Sesamöl
- 1 Orange
- 200 ml Orangensaft
- 1 Zitrone
- Salz
- Pfeffer
- 2 EL brauner Balsamico
- 2 EL Rübenkraut
- ½ Zwiebel
- 1 Zweig Rosmarin
- Butterschmalz
- Olivenöl
- Butter
- 4 Scheiben Chorizo

Zubereitung:

Spitzkohl waschen und in Streifen schneiden. In einen Topf Zucker geben und leicht schmelzen lassen (nicht braun werden lassen), Spitzkohl, Kümmel, Zimt, Senfkörner und in Würfel geschnittene Zwiebel zugeben, alles glasig werden lassen. Schale einer ½ Zitrone und ½ Orange reiben, zum Spitzkohl geben. Curry und Sesamöl zugeben, mit Salz und Pfeffer würzen und mit dem Saft aus ausgepresster Zitrone und Orange ablöschen. Noch 200 ml Orangensaft und Pernod zugeben. Einmal ohne Deckel aufkochen lassen.

Balsamico und Rübenkraut zusammen verrühren und kaltstellen.

Leber von Haut und Sehnen befreien. Zwieback reiben, mit Mandeln und etwas Curry vermischen. Leber in 8 dünne Scheiben schneiden, in Zwieback-Mandelbröseln wenden und in nicht zu heißer Pfanne mit Olivenöl und Butterschmalz und einem Zweig Rosmarin goldgelb anbraten. Mit Salz und Pfeffer würzen. Warmstellen. Den kochenden Spitzkohl mit etwas Grand Marnier noch einmal abschmecken und mit kalter Butter binden.

Die Chorizo in Streifen schneiden und in einer Pfanne ohne Fett knusprig, aber nicht braun braten. Streifen auf Küchenkrepp abtropfen lassen.

Spitzkohl anrichten, Leberscheiben dazu und mit etwas kalter, zähflüssiger Rübenkrautsauce umgießen. Chorizostreifen um den Spitzkohl außerhalb der Rübenkrautsauce legen.

HIRSCHRÜCKENMEDAILLIONS

mit asiatischen Aromen, Gemüse und Zitronenthymiankartoffeln

Rezept für 4 Personen:

Zutaten:

    800 g Hirschrücken, ausgelöst
    400 g kleine Kartoffeln
    Kümmel
    100 g Möhren
    100 g Stangensellerie
    100 g Pilze
    100 g Kaiserschoten
    2 Zwiebeln
    5 EL Rapsöl
    1 Knoblauchzehe
    150 ml Oystersauce
    75 ml Chili-Chickensauce
    60 ml Pflaumensauce
    1 TL Sesamöl
    75 ml Brühe (Geflügel)
    75 ml Apfelsaft
    1 EL Reisessig
    1 EL Sojasauce
    ½ Bund frischer Koriander
    1 Stange Zitronengras
    Zitronensaft
    10 g geriebener Ingwer
    1 Bund Zitronenthymian

Zubereitung:

Kleine Kartoffeln mit Schale in Salzwasser und Kümmel gar kochen und vor dem Erkalten pellen. Danach auskühlen lassen!

Gemüse waschen und in möglichst gleich große Stücke schneiden.

Hirschrücken auslösen und von Sehnen bzw. Silberhaut befreien.

(Aus den Parüren kann eine Suppe oder kräftige Sauce gekocht werden.)

Asiatische Würzsaucen abwiegen (sollte sehr genau sein) und vermischen.

Eine Zwiebel in Streifen schneiden und mit etwas Rapsöl zusammen mit den Kartoffeln anbraten. Mit Salz und Pfeffer aus der Mühle würzen. Eine Knoblauchzehe zugeben.

Zitronenthymian auf die Kartoffeln legen und das Ganze bei mittlerer Hitze (150 °C) in den Backofen schieben.

Den Hirschrücken in heißer Pfanne mit Rapsöl anbraten und nach dem Schließen der Fleischporen kräftig würzen (Salz und Pfeffer aus der Mühle).

Fleisch aus der Pfanne nehmen, auf ein Backblech legen, etwas Zitronenthymian auf das Fleisch geben und ebenfalls bei 150 °C in den Ofen.

Das überschüssige Fett aus der Pfanne gießen, danach Sellerie, Kaiserschoten, Möhren und Pilze scharf anbraten, Zwiebelwürfel von einer Zwiebel zugeben.

Mit Apfelsaft, Brühe und der angedrückten Stange Zitronengras auffüllen, kurz köcheln lassen, danach Ingwer und gehackten Koriander untermischen. Nicht mehr kochen lassen.

Fleisch aus dem Ofen nehmen und ca. 2-3 Minuten ruhen lassen, Gemüse anrichten (dabei die Stange Zitronengras entfernen), Kartöffelchen daneben, und zwei schöne Fleischtranchen auf das Gemüse legen. Mit der Würzsauce servieren.

Alle Rezepte: Landsberger Hof Arnsberg
(www.landsberger-hof.de)

Dank an M. Guido Schmitz für die Unterstützung und Solidarität der ersten Stunde, Alberto Guerra Naranjo für den Rum, den Fisch und die guten Gespräche, Kerstin Jermies und Claudia Gärtlein für ihr scharfes Auge, Philipp Wohlleben, Vilas Pomp und Dino Jermies für ihre kritischen Beobachtungen, Barbara Nguessan, Stefan Veith und Eduardo O'Farril für den spirituellen Beistand, Jutta Ludwig, Sonja Vieth, Marcus Houtermans, Christoph Volmert und Hans Claßen für das öffentliche Podium, Ingrid Dethloff, Winfried Kallender und meiner Mutter Liselotte Wentrup dafür, mir die grantige Zurückgezogenheit des Schreibens ermöglicht, sowie meinem Freitagsstammtisch, mir die gelegentlichen Auszeiten von ihm verziehen zu haben; meinem Sohn Diego danke ich für seine Geduld, Rosario Alonso für die schwarzen Bohnen und last not least Ted Jones für die Erlaubnis, seinen Namen benutzen zu dürfen; may he live long!